Union royale à Idylla

CAITLIN CREWS

Union royale à Idylla

Traduction française de
ÉLISABETH MARZIN

AZUR

HARLEQUIN

Collection : Azur

Titre original :
CHRISTMAS IN THE KING'S BED

HARPERCOLLINS FRANCE
83-85, boulevard Vincent-Auriol, 75646 PARIS CEDEX 13
Service Lectrices — Tél. : 01 45 82 47 47 - www.harlequin.fr
ISBN 978-2-2804-5453-7 — ISSN 0993-4448

Composé et édité par HarperCollins France. Achevé d'imprimer en août 2021.
par CPI Black Print - Barcelone - Espagne
Dépôt légal : septembre 2021.

FSC
www.fsc.org
MIXTE
Papier issu de
sources responsables
FSC® C159065

Pour limiter l'empreinte environnementale de ses livres, HarperCollins France s'engage à n'utiliser que du papier fabriqué à partir de bois provenant de forêts gérées durablement et de manière responsable.

1.

— Votre fiancée vous attend, Majesté, annonça le chambellan du roi Orion. Dans votre salon privé, comme vous l'avez demandé.

Orion le remercia sans cesser de contempler son pays sous le soleil de novembre. Depuis la colline sur laquelle était perché le palais, on embrassait du regard la capitale du royaume insulaire d'Idylla. Avec ses grappes de bâtiments d'une blancheur éclatante, la ville se déployait jusqu'à la mer Égée dont les eaux bleues scintillaient au loin. Il avait toujours aimé cette vue. Durant les jours sombres de l'interminable règne tumultueux et dissolu de son père, il s'était souvent tenu là, devant cette fenêtre. À admirer la beauté de ce minuscule royaume qui avait survécu à une accumulation de guerres, de changements de régimes et d'horreurs en tout genre.

Pendant toutes ces années, il s'était répété qu'Idylla survivrait également à son père.

Combien d'heures avait-il passées à imaginer ce qu'il ferait quand viendrait son tour de gouverner ? À réfléchir aux meilleurs moyens de servir son peuple, qui méritait beaucoup mieux que ce qu'il avait subi sous le règne du roi Max ? Il s'était promis de faire tout ce qui serait en son pouvoir pour restaurer la paix et la sérénité dans l'île.

Pour faire oublier aux Idylliens les excès et les scandales du règne de son père.

Aujourd'hui, le moment était venu d'accomplir cette promesse.

Et il n'en avait aucune envie.

— « Votre fiancée », répéta d'un ton sarcastique son frère, le prince Griffin, qui se prélassait dans son fauteuil favori devant la cheminée. Tu sais que tu es le roi, Orion, n'est-ce pas ? J'étais là quand ils t'ont mis la couronne sur la tête.

— Tu veux dire quand tu as prêté serment d'allégeance ? demanda Orion d'une voix suave sans se retourner. N'hésite surtout pas à y être fidèle.

— Ne t'inquiète pas, ma vie tout entière est un acte d'allégeance à mon roi.

Griffin fit une pause avant d'ajouter :

— Mais tu pourrais choisir de ne pas être fiancé. Comme je viens de le dire, tu es le roi. Tu peux agir comme bon te semble. Il m'a toujours semblé que c'était le principal avantage de ton titre.

Orion réprima un soupir. Oui, en principe il pourrait annuler ces fiançailles. Bien sûr. Cependant, son frère ne connaissait pas tous les facteurs qui entraient en jeu dans cette affaire. Mais surtout il avait donné sa parole. Et comme il ne ressemblait en rien à son père, il allait respecter son engagement. Afin de prouver à son peuple que contrairement à son père il était un homme de parole.

— Si je n'agissais qu'en fonction de mes propres désirs, je ne vaudrais pas mieux que lui, dit-il simplement.

— Tu vaux mieux que lui par nature.

La voix de Griffin était dure, comme chaque fois qu'ils discutaient du père dont la mort ne leur laissait aucun regret.

Parce que le roi Max n'avait pas seulement été un très mauvais monarque. Il avait été un père bien pire encore. Et un mari odieux de surcroît.

Mais ce n'était pas le moment de rouvrir les plaies du passé, songea Orion. Il incarnait l'avenir du royaume et n'avait pas l'intention de décevoir son peuple. Du plus loin que remontaient ses souvenirs, son père n'avait pas cessé de rompre ses promesses les unes après les autres. Comme si c'était un jeu pour lui, le roi Max avait trahi sa famille et son pays avec la même insouciance. Il était hors de question de marcher sur ses traces.

Même si ces fiançailles ne l'enchantaient pas.

À seize ans, Orion avait pris un engagement devant une meute de journalistes qui le harcelaient en dénonçant les scandales dans lesquels était impliqué son père. Avec toute la ferveur de la jeunesse, il avait juré solennellement d'avoir toute sa vie une conduite irréprochable.

Jamais il n'avait failli à cette promesse. Il n'avait aucune raison de commencer aujourd'hui.

— Je vois que tu ne vas pas changer d'avis, alors je te laisse te sacrifier, déclara son frère cadet. Je sais à quel point tu aimes ça.

Orion se retourna, et Griffin lui adressa un sourire malicieux avant de se lever et de s'étirer avec une volupté manifeste. Le cadet pouvait faire ce qui lui plaisait. L'héritier du trône, en revanche, devait toujours faire passer l'intérêt du royaume avant le sien. Ce précepte que leur père n'avait jamais suivi, Orion l'avait fait sien.

— Nous avons tous des obligations.

— Je n'ai pas oublié ce que je t'ai promis, répliqua Griffin. Même s'il te suffirait de prononcer un mot pour nous libérer tous les deux de nos destins respectifs.

Devant la moue réprobatrice d'Orion, il pouffa.

— S'il te plaît, épargne-moi ton discours sur nos devoirs envers nos sujets. Ou plus exactement *tes* sujets. Je le connais par cœur. Mais ne t'inquiète pas, moi aussi je vais devenir irréprochable. Bientôt.

— Que tu aies entendu plusieurs fois ce discours ne l'empêche pas de rester d'actualité, rétorqua Orion en réprimant un soupir.

Si seulement il était aussi convaincu qu'il le laissait paraître… En réalité, s'il le pouvait, il fuirait ces fiançailles. Griffin avait raison, il lui suffirait de prononcer un mot pour…

Non. Il ne rompait pas ses engagements. Ni envers lui-même ni envers son peuple. S'il ne respectait pas sa parole, qui serait-il ?

Griffin roula les yeux comme s'il pouvait lire dans les pensées de son frère aîné. Ce qui était probablement le cas. Il leva la main puis quitta le bureau privé d'Orion. Sans doute pour aller faire la noce et se montrer pendant encore quelques jours à la hauteur de sa réputation de séducteur le plus désinvolte de l'histoire de l'Europe.

Orion resta immobile, la mâchoire crispée, en proie à une tension incontrôlable.

Si, tu la contrôles. Parce que contrairement à ton père tu gardes toujours le contrôle de toi-même. Toujours.

Et il le garderait toujours. Toujours.

Il expira lentement. Inutile d'attendre plus longtemps. Retarder ce moment redouté ne rendrait pas la situation plus supportable. Et ne lui permettrait pas d'esquiver son devoir. Il devait accomplir ce dernier, quoi qu'il lui en coûte.

Ses sentiments personnels n'entraient pas en ligne de compte.

Il l'avait appris à dix-sept ans, quand il avait trouvé sa

mère, la reine, après son suicide. Son père ayant préféré fuir aux Caraïbes avec une paire de starlettes à chaque bras plutôt que d'organiser les funérailles, il avait dû se charger de cette tâche à sa place.

Non qu'il en ait eu envie. À dix-sept ans il était encore considéré comme un enfant par beaucoup. Mais malgré son désarroi et sa jeunesse, il avait été obligé de faire face.

Au fil des années, son père s'était comporté de manière de plus en plus lamentable, se dérobant de plus en plus souvent à ses devoirs. Pendant dix ans, Orion avait endossé les responsabilités de monarque, tout en sachant qu'à chaque instant son père pouvait décider sur un coup de tête de reprendre les rênes et de défaire tout son travail.

Ce qui l'attendait aujourd'hui était un exemple parfait de l'influence que son père continuait d'exercer sur sa vie depuis la tombe. Comme s'il était toujours vivant et déterminé à gâcher la vie des autres.

Orion s'écarta de la fenêtre et se dirigea vers la porte en se jetant machinalement un coup d'œil dans l'un des miroirs. Pas par vanité, mais parce qu'il représentait la couronne. Par opposition à la désinvolture de son père, il voulait avoir une tenue irréprochable. Ressembler le plus possible à ses photos officielles. C'était le genre de détail qui contribuait à donner à son peuple un sentiment de sécurité.

Tout ce que faisait Orion tendait à restaurer la confiance en Idylla. Il voulait convaincre son peuple qu'il était un monarque responsable et que les années de scandale étaient révolues. Satisfait de son apparence, il quitta son bureau.

Il n'avait pas envie d'être fiancé, mais il l'était. Ce qui signifiait qu'il allait se marier. Parce que des fiançailles rompues c'était un scandale en germe. Ce qu'il fallait éviter à tout prix.

Le couloir du palais sur lequel ouvrait le bureau d'Orion était plus calme que du vivant de son père, quand les crises successives déclenchées par ce dernier mettaient tout le personnel en effervescence. Depuis qu'il avait accédé au trône et qu'il n'avait plus besoin de pallier en permanence les effets néfastes des décisions incohérentes du roi Max, il avait gagné en efficacité et en sérénité. Ce qui était un bon départ pour atteindre l'objectif qu'il s'était fixé. Être un monarque compétent, calme et sensé.

Idylla avait été la risée du monde pendant beaucoup trop longtemps. Aujourd'hui, c'était terminé.

Sa fiancée ne le savait peut-être pas encore, mais en dépit de ce qu'elle était et de ce qu'elle représentait, elle se conformerait aux principes du nouveau régime.

D'une manière ou d'une autre.

En cas de refus elle en payerait le prix.

Il se dirigea vers son salon privé, saluant d'un signe de tête les courtisans et les employés du palais qu'il croisait. Personne ne tentant de lui adresser la parole, il en conclut qu'il n'avait pas l'air aimable. Tant pis. Il n'avait pas envie de faire d'efforts. Il ne ressemblait pas à son frère, capable d'arborer un sourire sur commande et de s'en servir comme d'une arme. Il n'avait pas passé des années à perfectionner son sourire, lui. Pour la bonne raison qu'il avait eu un royaume à diriger et un roi-voyou à gérer. Alors son expression resterait telle qu'elle était.

Il ouvrit la porte de son salon privé d'un geste ferme, prêt à exposer ses projets et ses attentes.

La pièce était vide.

La mâchoire d'Orion se crispa. Il se flattait de rester accessible et de ne pas être à cheval sur l'étiquette, mais il était quand même le roi. Même quand il était encore le prince héritier, il n'y avait jamais eu qu'une seule personne qui osait le faire attendre… et son père était mort.

Ce retard n'était pas de bon augure pour la vie conjugale…

Au bout d'un moment, Orion s'aperçut que la porte-fenêtre qui donnait sur un des balcons était entrouverte. Il plissa le front. Ce n'était pas ce qu'il avait prévu. Il s'était dit au contraire que sa fiancée devait attendre avec impatience cette rencontre qu'il avait repoussée pendant presque deux ans. Il n'aurait pas été surpris si elle avait été postée juste derrière la porte, prête à lui brandir sous le nez un des tabloïds de son père en pavoisant parce qu'il avait capitulé.

En fait, c'était à cela qu'il s'attendait.

Et peut-être était-ce injuste de sa part, lui qui se flattait également d'être juste. Ou du moins d'essayer de l'être. En réalité il ignorait presque tout de Lady Calista Skyros, la femme qu'il devait épouser. Parce que contrairement à ce qu'il prétendait devant son frère, il avait longtemps espéré pouvoir échapper à ce mariage.

Lady Calista était la fille aînée de l'homme qui était sans doute l'habitant le plus exécrable d'Idylla à présent que son père était mort. Aristotle Skyros, issu de la noblesse idyllienne, avait fréquenté diverses universités – dont il avait été exclu tour à tour – et avait déjà dilapidé sa fortune personnelle à vingt-trois ans. Heureusement pour lui son père était mort quelque temps plus tard, sans autre choix que de laisser tous ses biens entre les mains du fils qui l'avait tant déçu. D'après les nombreuses interviews qu'il accordait à propos de son sujet favori – lui-même –, Aristotle Skyros n'avait pas trouvé à son goût les sept mois pendant lesquels il avait prétendument vécu dans le dénuement, si bien qu'il s'était promis de mieux gérer sa seconde fortune.

Chose contrariante, il avait réussi. Il était à présent à la tête d'un des plus grands groupes de presse du monde, essentiellement constitué de tabloïds qui avilissaient leurs lecteurs et compromettaient la réputation de ceux qui y apparaissaient, malgré eux ou de leur plein gré.

Il était bien placé pour le savoir…

Quand son père avait annoncé, trois ans plus tôt, qu'il avait arrangé son mariage, Orion n'avait pas pris la peine de protester. S'opposer à son père n'avait jamais servi à rien, surtout quand celui-ci était ivre, ce qui était son état préféré. Il s'était dit qu'il suffisait d'attendre que son père revienne sur sa décision. Comme il en avait l'habitude, parfois même au bout d'une heure seulement.

Mais son père était mort. Dans le genre de circonstances sordides auxquelles tout le monde s'attendait de sa part. Entouré de femmes et de substances illicites.

Aristotle Skyros était arrivé au palais alors que les « Le roi est mort, vive le roi ! » finissaient à peine de résonner dans les couloirs. Et il avait fait savoir que, en ce qui le concernait, les fiançailles de sa fille et du nouveau roi d'Idylla annoncées par le défunt roi étaient gravées dans le marbre.

« Il me semble que c'est moi qui décide ce qui est gravé dans le marbre et ce qui n'est qu'un mauvais rêve heureusement terminé », avait déclaré Orion.

Avec un ton peut-être un peu trop menaçant.

Skyros, homme déplaisant au crâne chauve et au regard malveillant aussi étincelants l'un que l'autre, avait eu un sourire mielleux. Hypocrite.

« Vous pouvez faire tout ce que vous voulez, Votre Majesté. »

Feignant la déférence, il avait incliné la tête avant d'ajouter : « Et je ferai de même, si nécessaire. »

Orion avait été tenté d'ignorer la menace sous-jacente dans les propos de son interlocuteur. N'étant roi que depuis quelques heures, il avait naïvement espéré bénéficier d'un certain état de grâce. Mais non. Bien sûr que non.

Il avait donc réprimé son irritation et s'était abstenu - malheureusement – d'étrangler Skyros sur-le-champ.

« Si vous voulez me menacer, Skyros, je vous suggère de le faire ouvertement, avait-il répliqué d'un ton neutre. J'ai horreur qu'on tourne autour du pot. »

Skyros n'avait pas pris la peine de rester obséquieux.

« Vous allez épouser ma fille, Majesté. Parce que sinon, je me verrai obligé de publier une série de photos qui ont longtemps fait partie d'une collection privée. Des photos si scandaleuses que votre père vous a offert comme garantie pour les garder secrètes. »

Orion s'était esclaffé : « Mon père n'aurait pas hésité m'offrir comme garantie dans une partie de dames. Et il l'a sans doute fait. Quel scandale pourrait être pire que tous ceux qu'il a déjà imposés au monde entier ? »

« J'avais prévu que vous poseriez cette question », avait répliqué Syros d'un air beaucoup trop satisfait.

C'était à cet instant qu'Orion avait commencé à soupçonner que le problème était beaucoup plus grave qu'il ne l'avait cru. Skyros avait posé sur la table basse un portfolio en l'invitant à le consulter. Au bout de trois photos, Orion s'était interrompu pour s'affaisser dans son fauteuil, en proie à la nausée. Skyros avait eu un sourire mielleux.

« Il est tentant d'imaginer que tous les secrets scandaleux du roi sont enfermés dans la tombe avec lui, n'est-ce pas ? Mais comme vous pouvez le constater, il y a certains scandales qui ne peuvent pas être effacés. Et qui vous éclabousseront vous aussi s'ils sont révélés, Votre Majesté. »

Orion avait failli se laisser submerger par la colère. S'il avait réussi à la contenir, il le devait à un immense effort de volonté. Et à la certitude que Skyros serait ravi qu'il perde son sang-froid. Céder au chantage n'était jamais la bonne réponse. Il le savait. Il avait compris très jeune qu'il fallait éviter à tout prix de tomber dans ce piège. Mais quel choix avait-il eu ?

Idylla n'aurait pas résisté pas à un nouveau scandale.

Surtout un scandale encore plus épouvantable que tous ceux qui l'avaient précédé. Comme d'habitude, Orion avait fait abstraction de ses sentiments personnels pour penser au royaume.

« J'ignore quel marché vous avez conclu avec mon père, avait-il fini par déclarer. Par conséquent, je ne peux pas l'honorer. Si vous voulez que votre fille devienne ma reine, vous devez accepter mes conditions. »

Skyros avait ri.

« Vous plaisantez ! »

Mais Orion l'avait regardé longuement, le visage impénétrable, et son rire avait fini par s'éteindre.

« Vous allez signer un document dans lequel vous vous engagerez à garantir le secret sur ces photos. Si vous êtes responsable de la moindre fuite les concernant, non seulement vous irez en prison, mais vous payerez en plus une amende qui vous acculera à la ruine. Est-ce clair ? »

Skyros avait bafouillé : « Je ne pense pas… »

Mais Orion ne l'avait pas laissé aller plus loin. Toute sa vie il avait eu affaire à un homme du même genre que Skyros. Et même encore pire, puisque sa parole faisait loi. Une fois son premier mouvement de colère passé, il avait pris conscience qu'il était dans son élément.

Apparemment, il continuerait à avoir affaire à son père pour l'éternité. Mais au moins, il savait s'y prendre.

« En retour, l'avait-il coupé froidement, j'anoblirai votre lignée indigne. Parce que contrairement à mon père je suis un homme de parole. Mais parce que je suis le fils de mon père, je vais également faire établir un contrat de mariage. »

Il avait pris son portable pour envoyer une série de textos à son personnel.

« Mes avocats vont rédiger les documents appropriés pendant l'évaluation de vos biens. »

Skyros n'avait pas apprécié, mais il avait hoché la tête et accepté les conditions.

Il y avait pire, se dit Orion en sortant sur le balcon. Depuis qu'il y avait des rois, ceux-ci se mariaient pour des raisons de ce genre. C'était ainsi. Le mariage de ses propres parents avait été arrangé, et il avait au moins une certitude. Sans même être obligé de faire des efforts, il serait un meilleur mari que son père.

Tant pis si Calista Skyros était la copie conforme de son père abject.

Debout devant la balustrade, elle avait le regard fixé sur l'horizon. Elle l'avait sûrement entendu arriver, mais elle l'ignorait. Par impolitesse délibérée ? Ou parce qu'elle avait besoin de se préparer à cette confrontation ? Il n'en avait aucune idée, mais ça avait au moins un avantage. Il pouvait se permettre d'en faire autant.

Il avait vu des photos d'elle, bien sûr. Son personnel lui avait présenté un dossier complet sur Lady Calista quelques heures après la décision des fiançailles prise et annoncée par son père. Il savait qu'elle avait fait des études à la Sorbonne et non dans une université idyllienne. Qu'elle avait été éduquée dans la perspective d'épouser un noble, indépendamment des agissements de son père, parce que c'était ainsi que ça fonctionnait dans la noblesse idyllienne. L'objectif étant de se perpétuer.

Il savait qu'après la Sorbonne Calista était revenue à Idylla et avait commencé à travailler dans la société de son père, en bas de l'échelle. Sans doute pour empêcher les mauvaises langues de parler de népotisme alors que c'était exactement ça. Depuis elle avait progressé dans la hiérarchie jusqu'à un poste beaucoup plus élevé. Elle était vice-présidente d'un groupe de presse spécialisé dans le mensonge.

En d'autres termes, sa fiancée était menteuse héréditairement et par choix.

Elle n'était en aucun cas la femme appropriée pour devenir sa reine. S'il avait eu le choix, il en aurait cherché une qui soit engagée dans des associations caritatives. Qui ait pour vocation d'aider les autres et non pas de leur vendre du sensationnel.

Mais il était pragmatique et rationnel. Il était bien obligé de l'être, que ça lui plaise ou non. Et, à vrai dire, il n'avait jamais imaginé qu'il pourrait lui arriver de tomber amoureux comme un homme ordinaire. Parce qu'il n'en était pas un et qu'il aurait fait de toute façon un mariage arrangé.

D'une certaine manière, ce mariage était un arrangement comme un autre. Tout ce qui comptait, c'était protéger Idylla. Même si cela impliquait d'épouser cette créature et de lier sa famille détestable à la sienne. En recevant la couronne, il avait juré d'accomplir son devoir et il respecterait cet engagement.

La fille de Skyros se retourna, et la notion de devoir s'effaça instantanément de l'esprit d'Orion.

Sa fiancée n'était pas du tout photogénique. Cette pensée s'imposa à lui en même temps qu'une flèche de désir le transperçait.

Un désir si intense qu'il en eut le souffle coupé.

Sur toutes les photos qu'il avait vues d'elle, sa future épouse lui avait semblé jolie. Comme beaucoup de femmes blondes et minces. Pour ainsi dire interchangeables.

Mais en chair et en os, Calista Skyros n'avait rien à voir avec la jolie blonde un peu fade des photos.

Il y avait quelque chose chez elle… Sa façon de se tenir, peut-être. Ou le regard pétillant d'intelligence de ses yeux turquoise. Elle était blonde, oui. Et indéniablement jolie.

Mais le seul fait de la regarder déclenchait en lui une fièvre tout à fait inattendue.

Pendant un instant qui lui sembla durer une éternité, ils se regardèrent dans les yeux sur le balcon balayé par le vent. Orion n'était plus dans la peau d'un roi, mais dans celle d'un homme. De chair, de sang et de désir. À sa grande consternation.

— Votre Majesté, finit par dire Calista d'un ton neutre.

Il vit une ombre passer sur son visage. Une ombre qui la rendit encore plus jolie. Et plus intéressante. Elle s'écarta de la balustrade et s'inclina dans une profonde révérence avec une grâce et une aisance révélatrices des cours de maintien qu'elle avait suivis pendant des années.

En principe il trouvait ces marques de déférence dépassées et s'en passait volontiers. Mais à la vue de Calista Skyros prosternée devant lui, il fut envahi par un trouble intense. Elle se redressa avec la même aisance, et il l'observa. Cette femme qui allait devenir sa reine. Sa femme. La mère de ses héritiers.

C'était étrange de se trouver sur ce balcon familier dans l'air vif et piquant de novembre et de penser aussi froidement à *sa femme*. Aux rapports sexuels qu'ils allaient avoir pour assurer sa descendance. À la relation qu'ils allaient être obligés de construire d'une manière ou d'une autre… De plus en plus troublé, Orion s'efforça de se ressaisir et de se rappeler qui était sa future épouse.

— Lady Calista, dit-il froidement en inclinant légèrement la tête.

Impossible de trouver la moindre raison de critiquer sa tenue. Dommage, parce qu'il préférerait en avoir de nombreuses. Ce serait beaucoup plus facile. Mais, contrairement à son père, elle semblait parfaite. Sa robe à manches longues gris perle flattait son teint tout en étant à la fois décente et moderne. Des perles ornaient ses oreilles, et son chignon sage restait impeccable malgré la brise de mer.

Orion crispa la mâchoire. Bien sûr, elle auditionnait pour le rôle de reine. Mais sans doute savait-elle qu'elle l'avait déjà obtenu de toute façon. Elle aurait donc pu se présenter à lui dans une tenue inappropriée, uniquement pour lui prouver qu'il n'avait aucun contrôle sur la situation. Nul doute que c'était le genre d'attitude qu'aurait adoptée son père s'il avait été à sa place. Mais de toute évidence, elle n'était pas comme son père.

— Si nous rentrions dans le salon ? suggéra-t-il.

Après tout, l'air marin et la vue étaient peut-être pour quelque chose dans l'attrait qu'elle exerçait sur lui. Et il était possible que le soleil idyllien la fasse paraître plus belle et moins sournoise qu'elle ne l'était réellement.

Avec un peu de chance, à l'intérieur du palais l'illusion se dissiperait.

— Il y a beaucoup de choses dont nous devons discuter.

Elle eut un sourire furtif qui le laissa perplexe. Serait-elle embarrassée ? Non, c'était peu probable.

Attention de ne pas céder à l'envie de penser qu'elle n'est qu'un pion dans cette histoire. C'est la vice-présidente de l'entreprise de son père. Pas une vierge offerte en sacrifice.

Une fois dans le salon, il l'invita à s'asseoir sur un des deux sofas datant du XVe siècle puis prit place en face d'elle.

Et le regretta aussitôt.

À l'intérieur, l'atmosphère était beaucoup plus intime que sur le balcon. Ce qui n'était pas du tout ce qu'il recherchait… Il l'étudia longuement, comme si cette attention soutenue pouvait l'aider à la trouver aussi fade que sur les photos. Puis il finit par prendre conscience que le silence se prolongeait et qu'en tant que roi c'était à lui de le rompre. Il s'éclaircit la voix.

— Merci d'être venue aujourd'hui, dit-il d'un ton cérémonieux. J'ai pensé qu'il était préférable pour chacun de nous de nous rencontrer avant l'annonce officielle de nos fiançailles.

Elle parut tressaillir et répliqua d'une voix hésitante :

— Bien sûr… Oui. L'annonce officielle.

Voulait-elle lui faire croire qu'elle n'était au courant de rien ? Ce serait d'une hypocrisie incroyable… Serrant les dents, il s'exhorta au calme.

— Elle aura lieu dans deux jours, au cours du premier bal de la saison.

Elle resta sans réaction, et il poursuivit.

— Nous expliquerons que notre coup de foudre a

éclairé les jours sombres qui ont précédé puis suivi la mort de mon père. Nous parlerons d'espoir et évoquerons l'aube d'une nouvelle ère, non seulement pour nous mais aussi pour Idylla. Conformément à la tradition, nous nous marierons six semaines après le premier bal, la veille de Noël, lors d'une cérémonie qui ravira les cœurs et les esprits dans le royaume et dans le monde entier. Cependant, si les noces sont spectaculaires comme le veut la coutume, notre mariage sera sage. Convenable.

— Et raisonnable, renchérit-elle.

Et elle sourit lorsqu'il manifesta sa surprise en arquant les sourcils. Mais curieusement, son sourire semblait crispé.

— Excusez-moi, Votre Majesté. Mais j'ai entendu vos discours.

Était-ce un affront déguisé ? Il décida de l'ignorer.

— Parfait. Vous savez donc déjà comment les choses vont se passer.

— J'admire votre…

Elle fit une pause.

— … assurance.

— Je suis sûr de moi parce que je ferai en sorte que les choses se passent comme prévu.

— Très… autocratique.

— En effet. Puisque je suis le monarque.

Il fit une pause avant de poursuivre sur le même ton posé.

— Je vous épouserai, Lady Calista, parce que je m'y suis engagé. Je ferai de vous mon épouse et ma reine, parce que c'est l'accord que votre père a conclu avec le mien. Mais écoutez-moi.

Cette fois elle se contenta de le regarder en silence. Pas de repartie spirituelle.

— Je ne tolérerai aucun scandale. Je comprends que ça puisse vous poser un problème, étant donné que le scandale est votre fonds de commerce.

Des étincelles jaillirent de ses yeux turquoise, mais elle se contenta de pincer les lèvres.

— Mais il est exclu que des indiscrétions concernant la vie au palais soient publiées. Aucune rumeur ne devra circuler. J'ai le regret de vous dire que si vous ne pouvez pas vous plier à cette règle, vous trouverez notre mariage… éprouvant.

— « Éprouvant » ? répéta-t-elle d'une voix étranglée. Qu'entendez-vous exactement par « éprouvant » ?

Il s'autorisa un léger sourire.

— J'agirai comme les rois d'autrefois. Si vous me défiez, je vous exilerai à Fort Brisant.

Elle ouvrit de grands yeux.

— Vous n'êtes pas sérieux.

— Je n'ai jamais été aussi sérieux.

— Fort Brisant est au milieu de la mer Égée. C'est une ancienne forteresse sur un îlot rocheux. Je crois qu'il n'y a même pas l'électricité. C'est une *prison* !

— C'est précisément pour cette raison que certains de mes prédécesseurs y envoyaient leur femme et toutes sortes de dissidents. J'ai l'intention de gouverner mon pays en souverain progressiste, Lady Calista. Mais pour ce qui concerne la reine qu'on m'impose, sachez que je serai un roi moyenâgeux.

2.

Calista Skyros aurait pu vivre jusqu'à la fin de ses jours sans jamais rencontrer le roi d'Idylla.

Elle aurait préféré, en réalité. Parce qu'elle aimait bien la famille royale, mais de loin. Sa pompe pouvait être un spectacle attrayant, en arrière-plan du travail réel effectué sur le royaume insulaire.

Mais quand son père avait-il jamais tenu compte de ses préférences ?

Calista regardait l'homme assis en face d'elle. Parce que c'était un homme avant tout. Un homme qui se trouvait être roi, certes. Sa mère avait insisté pour qu'elle mette une tenue soutenant la comparaison avec celles de ces princesses britanniques ultra-médiatisées, et son père n'avait pas cessé de lui rappeler qu'elle devait se montrer à la hauteur de ses ambitions. Mais ses ambitions à elle n'avaient rien à voir avec celles de son père. Devenir reine ne l'intéressait pas, quel que soit le luxe de la garde-robe qui allait avec.

Ses ambitions avaient toujours été très simples.

Protéger sa sœur. Neutraliser ses parents. Et par la même occasion, prendre le contrôle de Skyros Media, évincer son père du conseil d'administration, et pouvoir décider enfin de son propre destin.

Ses objectifs étaient clairs, même s'ils se révélaient

plus difficiles à atteindre qu'elle ne l'espérait quand elle se les était fixés quelques années plus tôt. Néanmoins, elle approchait du but. Elle avait toutes les raisons de penser que Skyros Media serait à elle d'ici à la fin de l'année.

Enfin.

Le jour où il avait appris la mort du roi Max, son père était venu la trouver dans son bureau du siège de Skyros Media, situé au cœur de la capitale qui se déployait en forme de croissant en contrebas du palais. Il débordait d'une joie malveillante à la perspective d'installer enfin sa fille aînée au palais. Non qu'il la considère comme sa fille aînée. Il préférait l'appeler sa fille unique. Ce qui faisait rire Melody. Mais pour elle c'était une raison supplémentaire de le haïr.

Sur le moment, obnubilée par la proximité du but qu'elle poursuivait depuis toujours, elle avait oublié d'utiliser sa tactique habituelle. Feindre d'être d'accord avec lui.

« Encore cette histoire de fiançailles ? avait-elle lancé en le regardant par-dessus la pile de dossiers entassés sur son bureau. Tu n'es pas sérieux ! »

Grave erreur.

« Je t'interdis de me parler sur ce ton, avait-il rétorqué d'un ton menaçant. »

Ce ton qu'il n'employait plus que rarement depuis quelques années, parce qu'elle avait réussi à le convaincre qu'elle était docile. Prête à tout pour avoir son approbation. Digne de lui succéder. Aussi semblable que possible au fils qu'il aurait voulu avoir. Mais ce jour-là, elle avait senti que sans la pile de dossiers qui faisait obstacle il lui aurait donné une gifle retentissante.

Elle s'était forcée à courber les épaules et à prendre un ton conciliant, comme elle en avait l'habitude dans son enfance quand les crises de fureur de son père étaient une épreuve quotidienne.

« Je suis désolée. C'est juste que… Moi, reine ? Je n'arrive pas à l'imaginer, papa. »

Elle détestait ce mot. « Papa. » Comme s'il y avait la moindre affection entre eux. Comme si son père était capable d'éprouver de l'amour paternel. Ou tout autre genre de sentiment. Mais très tôt elle avait appris à l'amadouer. Entre autres en l'appelant « papa », en feignant la vénération et en ne lui disant que ce qu'il avait envie d'entendre. Puis, au fil des années, elle avait compris ce qu'il attendait d'elle avant tout. Des succès qu'il pourrait présenter comme les siens. Alors elle avait employé toute son énergie à le satisfaire.

Cependant, il y avait longtemps qu'elle ne s'était pas retrouvée dans une situation l'obligeant à ramper devant lui.

Heureusement, elle n'avait pas perdu le don de le calmer. Elle l'avait constaté avec soulagement quand il s'était assis dans le fauteuil situé de l'autre côté de son bureau. L'air moins furieux et plus… avide. Elle avait eu du mal à réprimer un frisson de dégoût.

« Conclure l'accord te désignant comme la future fiancée de l'héritier de Max m'a coûté énormément d'argent, avait-il déclaré d'une voix dans laquelle vibrait un reste de colère. J'attends de toi que tu rentabilises cet investissement par des fiançailles officielles suivies d'un mariage. »

« Bien sûr, papa. T'ai-je déjà déçu ? »

Elle avait réussi sans trop de mal à jouer la comédie parce qu'elle savait que la prise de contrôle qu'elle préparait depuis des années était sur le point de se concrétiser. La réunion annuelle du conseil d'administration était fixée au 23 décembre. Ce qui lui laissait plusieurs semaines pour régler les derniers détails de l'opération. Elle touchait au but…

Mais si elle chantait victoire trop tôt, même en pensée, elle gâcherait tout. Il ne fallait à aucun prix relâcher sa vigilance. La victoire était à ce prix. Voilà pourquoi elle avait accepté ces fiançailles ridicules. Et le mariage qui devait suivre. Cependant, elle ne se doutait pas qu'elle attendrait aussi longtemps sa première rencontre avec le roi Orion. Le roi Max était mort durant l'été, et on était en novembre. Elle avait dû se comporter pendant des mois comme si elle était désireuse de se fiancer et consternée d'être ignorée par le roi. Et il lui avait fallu une patience infinie pour écouter son père se plaindre amèrement de cette situation, qu'il prenait comme un affront personnel.

Pis encore, elle avait dû endurer les plaisanteries de sa sœur à propos de son « mariage royal ».

Néanmoins, aujourd'hui elle était venue au palais décidée à jouer le rôle qu'on attendait d'elle. Elle n'avait aucune envie de se marier, surtout avec le roi, mais ces fiançailles auraient l'avantage de détourner l'attention de son père pendant qu'elle s'emparerait de son entreprise. Par ailleurs, plus son père penserait à lui, moins il s'occuperait de Melody.

Tout en observant le nouveau roi, Calista réfléchissait. Si ce que son père clamait sans relâche depuis des mois était vrai, le roi Orion était obligé de l'épouser. Il n'avait pas le choix. Par conséquent, elle n'était pas obligée de le flatter ni de se plier à ses exigences comme elle le faisait avec son père.

— Je n'ai aucun goût pour le scandale non plus, déclara-t-elle d'un ton posé.

Elle croisa les mains sur les genoux, adoptant la même

attitude que dans la salle du conseil d'administration, où personne n'attendait grand-chose de la jolie blonde qui se trouvait être la fille d'un homme haineux. Quand ils la regardaient, les membres du conseil voyaient une bimbo. Ce qui lui permettrait de les attaquer par surprise.

— Mais je n'ai aucun goût non plus pour les menaces d'exil dans une forteresse sur un îlot perdu au milieu de nulle part.

Le roi se figea.

— Pardon ?

Retrouver les réflexes familiers qui étaient les siens dans l'entreprise était rassurant. Parce qu'il y avait quelque chose chez le roi Orion… Quelque chose qui la déstabilisait. Peut-être parce qu'il n'était pas tel qu'elle s'y attendait. En premier lieu, les quelques milliards de photos qu'elle avait vues de lui ne lui rendaient pas justice. Certes, comme sur ces images, il avait les cheveux châtains coupés court, des yeux noisette au regard grave et une bouche au pli sévère. Mais en chair et en os il produisait une impression beaucoup plus forte qu'en reproduction sur une serviette à thé vendue dans toutes les boutiques de souvenirs.

Beaucoup plus forte.

Son pouls battait très vite, et elle avait un peu de mal à respirer, pour être honnête.

Grand et élancé, il portait un costume dont la coupe impeccable mettait en valeur une silhouette étonnamment athlétique. Elle avait beau être hérissée par ses menaces, elle n'avait qu'une envie : vérifier si ses abdominaux étaient aussi durs qu'elle le soupçonnait.

Mais le plus saisissant c'était la force qui émanait de lui. Tout dans son attitude dénotait une énergie farouche mais contenue à laquelle elle ne s'attendait pas. Et elle s'attendait encore moins au trouble que déclenchait en elle le simple fait de le regarder.

Tu as intérêt à te ressaisir, Calista.

L'enjeu était beaucoup trop important pour qu'elle perde la tête à cause d'un homme séduisant. Même si l'homme en question était son roi. Et croyait qu'elle allait l'épouser et produire des bébés sur commande.

— Il me semble que vous croyez contrôler la situation.

Elle esquissa le petit sourire que ses associés aimaient qualifier d'énigmatique, la plupart du temps quand elle venait de leur faire mordre la poussière.

— Mais si j'ai bien compris, vous êtes obligé de m'épouser. Que vous le vouliez ou non.

Il la fixa d'un air interdit.

— Dois-je comprendre que vous êtes au courant du… de la pression que votre père a exercée sur moi ?

Son père s'était en effet vanté à maintes reprises de détenir au sujet de l'ancien roi un secret dont le nouveau roi voulait empêcher la divulgation à n'importe quel prix. Mais il ne lui avait pas donné de détails sur le secret en question. Ce qu'elle n'était pas obligée de préciser à son interlocuteur…

— Le fait est qu'il a les moyens d'exercer une pression sur vous. Pas sur moi. Alors je vous serais reconnaissante de cesser vos menaces d'exil à Fort Brisant. Je n'ai aucun penchant pour les coutumes moyenâgeuses. De mon point de vue, ce mariage est un accord commercial entre nos deux familles, rien de plus. Ce qui me paraît déjà très moyenâgeux.

Une lueur qu'elle ne parvint pas à identifier s'alluma furtivement dans les yeux noisette du roi Orion.

— Comme c'est rafraîchissant, commenta-t-il après un

long silence. Je m'attendais aux fantasmes de princesse habituels.

Elle rit.

— Je crois qu'il n'y a rien qui me tente moins que de devenir princesse. Par chance, il n'est pas question que je devienne princesse mais reine. Ça, je peux l'envisager.

— Dois-je en déduire que vous vous considérez déjà comme telle ?

— Je suis une femme d'affaires, pas une reine. Et pour nous faire gagner du temps, laissez-moi vous préciser un point important. La nature de votre relation avec mon père ne m'intéresse pas.

— Il ne me viendrait pas à l'idée de qualifier de relation les échanges que j'ai été contraint d'avoir avec votre père.

Le roi Orion avait parlé d'une voix si glaciale qu'elle en frissonna.

— Peu importe le terme que vous choisiriez, ces échanges ne m'intéressent pas. Je suis sûre que vous avez vos raisons de vous plier aux caprices de mon père et d'accepter ces fiançailles ridicules. Mais quelles que soient ces raisons, ça signifie que comme tant d'autres vous avez cédé à son chantage.

— Une fois encore, je contesterais ce terme.

Elle écarta cette objection d'un geste de la main.

— Contestez-le tant que vous voudrez. Ça ne change rien aux faits. Vous êtes à sa merci, et par conséquent à la mienne. Et je n'ai jamais eu de roi à moi. Ce sera peut-être amusant, qui sait ?

Elle fut fascinée malgré elle. Le roi Orion Augustus Pax la regardait comme si son cerveau venait d'exploser. Les seuls signes extérieurs de ce choc étaient une légère crispation de sa mâchoire et le feu qui allumait des reflets d'or dans ses yeux noisette.

Elle déglutit péniblement. Qu'arriverait-il si l'homme le plus maître de lui-même de l'histoire de l'humanité – qualité déjà apparente quand le roi Orion n'était encore qu'un petit prince, surtout à côté de son père désastreux – lâchait prise ?

Était-il d'ailleurs capable de lâcher prise ?

Elle fut parcourue d'un long frisson.

Le regard du roi Orion était ardent. Mais lorsqu'il parla ce fut d'une voix calme.

— Je vous rappelle, Lady Calista, que je suis votre roi.

— Je le sais, Votre Majesté. C'est pour cette raison que je vous ai fait la révérence.

Elle avait pris un ton léger, mais la chaleur qui l'assaillait était plus inconfortable qu'elle ne voulait l'admettre. Elle se leva, comme si c'était elle qui recevait. Et comme si l'homme devant elle était… un type quelconque.

Même s'il était impossible de prendre le roi Orion pour un type quelconque.

De même, contrairement à ce qu'elle avait affirmé, il était difficile d'imaginer un homme aussi impressionnant à la merci de quiconque. Et pourtant, c'était bien le cas. Son père s'était suffisamment vanté d'être l'artisan de ces fiançailles.

— Ça doit être dur pour vous, dit-elle en s'approchant de l'élégant buffet pour regarder les photos posées dessus.

Des photos des deux princes. De la défunte reine. Mais pas une seule du roi Max. Ce à quoi il fallait s'attendre. Elle ne connaissait personne qui le regrettait, à part peut-être son père. Et pas parce qu'il avait eu de l'affection pour lui, mais parce qu'il n'avait jamais eu de mal à le manipuler.

— Quoi donc ? demanda le roi Orion d'un ton vif. D'être obligé de traiter avec un reptile vil et répugnant comme Aristotle Skyros à cause des fautes de mon père ? Ou bien, ayant accepté d'accomplir mon devoir envers mon pays, d'être confronté à l'outrecuidance insensée de la femme que je suis obligé de prendre pour reine ?

Aïe !

Elle rit sans savoir pourquoi.

— « Outrecuidance » est un terme choisi, Votre Majesté. Cependant, il me semble que les hommes ont tendance à qualifier de prétention chez une femme l'assurance qu'ils considèrent comme une qualité chez un homme.

— Pas du tout, Lady Calista.

Ses yeux noisette lancèrent des éclairs.

— Si un homme osait me parler comme vous venez de le faire, je l'enverrais au tapis.

À son grand dam, Calista se surprit à souhaiter être allongée sur un tapis avec lui. Secouant la tête, elle s'appuya contre le buffet avec une désinvolture étudiée. D'accord, elle posait. Et alors ? Puisqu'on lui infligeait un mariage arrangé, elle avait bien le droit de s'amuser un peu.

Tu es sûre que tu n'essayes pas plutôt de dissimuler l'effet que te fait cet homme ? lui souffla une petite voix qui ressemblait à celle de sa sœur. Et qu'elle s'empressa d'ignorer.

— C'est de la part de votre frère qu'on s'attend à de la violence, Votre Majesté. Pas de la vôtre. Pas de la part du prince héritier et possible sauveur de notre pays, un homme si responsable et si correct que personne n'a jamais été capable de déterrer le nom de ses maîtresses.

Le roi ne se leva pas. Il ne se cala pas dans son siège. Il ne rectifia pas le pli de son pantalon. Il resta parfaitement immobile. Le visage impassible. À l'exception de son regard, dont l'éclat s'était intensifié.

— J'imagine que fouiller dans les poubelles à la recherche de ragots sur la vie privée des gens fait partie des activités favorites d'un groupe de presse aussi réputé pour son éthique journalistique que Skyros Media, répliqua-t-il d'un ton cinglant.

Elle arqua les sourcils.

— Un roi peut-il avoir une vie privée ? Vos choix personnels affectent tous vos sujets. N'avez-vous donc prêté aucune attention à tout ce qui s'est passé pendant le règne de votre père ?

Les yeux du roi Orion lancèrent des étincelles, et elle crut que sa colère allait exploser. Qu'il allait bondir du sofa. Taper dans quelque chose. Ou élever la voix.

Il resta assis. Figé. *Comme une statue de glace*, songea-t-elle. Et tout à coup elle fut prise d'une envie irrésistible : le dégeler par tous les moyens.

Lorsqu'il parla enfin, ce fut d'une voix égale. Comme si l'atmosphère de la pièce n'était pas explosive.

— Si votre objectif était de me donner l'impression que vous n'en ferez qu'à votre tête, considérez-le comme atteint.

Il l'étudia un moment en silence, et elle sentit des picotements sur ses joues. Comme si elle était sur le point de… rougir. Cela lui était-il déjà arrivé ? Elle n'en avait pas le souvenir. À son grand soulagement, cette sensation se dissipa.

— J'apprécie que vous soyez venue à ce rendez-vous avec l'intention de vous montrer telle que vous êtes, Lady Calista. Je vous assure que je m'en souviendrai.

Une autre menace… D'autant plus inquiétante qu'elle était prononcée avec un calme imperturbable.

— Si vous croyez que je vais me mettre à trembler et à pleurer parce que vous n'avez pas une bonne opinion de moi, vous vous trompez, répliqua-t-elle en s'efforçant de prendre le même ton. J'ai accepté de vous épouser, Votre Majesté. Je suis parfaitement consciente de ce que ça implique.

— Vraiment ?

Il inclina légèrement la tête sur le côté.

— Je me le demande. Par exemple, dois-je m'attendre à la même agressivité au lit ?

À son grand dam, elle fut envahie par une vive chaleur. Et elle vit s'allumer dans les yeux noisette du roi une lueur révélatrice. Il savait. Il savait qu'il la troublait. Dire qu'elle avait appris pendant des années à cacher ce qu'elle ressentait... Elle était même maintenant si douée pour ça qu'elle se demandait parfois si elle n'était pas devenue complètement insensible. Elle soutint le regard du roi comme s'il ne la troublait absolument pas.

— Si vous étiez capable d'agressivité au lit ou ailleurs, Votre Majesté, je suis sûre que nous en aurions déjà trouvé la preuve.

Elle s'autorisa un petit sourire narquois.

— Et nous l'aurions publiée dans nos tabloïds, bien sûr.

Contre toute attente, il rit.

— C'est selon ce critère que vous jugez les choses ? Selon qu'elles sont publiées ou non dans vos magazines minables ?

— Je crois à la liberté de la presse. Était-ce cela la question ?

— Je conclus de cet échange que vous n'avez pas la moindre idée de ce qui vous attend avec moi, Lady Calista. Et je suis ravi de constater que nous avons quelque chose en commun.

Elle sentit son pouls s'affoler et eut de nouveau du mal à respirer. Inspirant profondément, elle s'efforça de se ressaisir. Peu importait qui avait le dernier mot dans cette discussion. Ça ne changeait rien à la réalité. Il avait beau être le roi, il n'avait aucun pouvoir sur elle.

Elle allait jouer le jeu des fiançailles parce que ça l'arrangeait. Et si nécessaire, elle irait même jusqu'à l'épouser la veille de Noël, comme le voulait la tradition. Pourquoi pas ? Dès qu'elle aurait pris le contrôle de l'entreprise de son père, qu'elle soit reine ou pas n'aurait aucune importance. Une fois propriétaire de Skyros Media, elle serait en position de force par rapport à son père. Et quoi qu'il arrive, Melody serait enfin en sécurité.

C'était son objectif depuis toujours. S'il le fallait elle pouvait bien épouser le roi Orion pour l'atteindre.

— Puisque nous nous parlons franchement, je dois vous prévenir que j'exigerai de vous la fidélité, déclara-t-il.

— Bien sûr.

Elle roula les yeux, et eut l'impression très nette que personne n'avait jamais osé faire ça devant lui. Elle recommença donc.

— Ça doit être une de ces petites manies des rois.

— Une « petite manie » de roi, en effet. Parce que le trône d'Idylla est occupé par ma famille depuis des siècles et qu'il est essentiel de perpétuer la lignée pour assurer ma succession.

Il esquissa un vague sourire.

— Vous comprendrez, je pense, que la plupart des gens dans ma position attachent une grande importance à ce genre de choses.

— Laissez-moi vous dire comment je vois mon rôle de reine, répliqua-t-elle d'un ton plus vif que nécessaire. Je peux le tenir. Mais si vous attendez de moi que je vous couve d'un regard éperdu devant les objectifs ou que je me tienne docilement derrière vous les mains croisées, ça ne marchera pas.

— Vous êtes de sang noble, Lady Calista. Vous devez être consciente qu'il est indispensable de respecter l'étiquette. Ce qui implique que vous ne pouvez en aucun cas précéder votre roi.

Elle soupira.

— Je comprends l'importance de l'étiquette, merci. Mais il faut que vous sachiez dès maintenant que je n'ai pas l'intention de feindre d'être soumise à un homme. Roi ou pas.

— Bien sûr que non, dit-il d'une voix apaisante.

Trop apaisante, comprit-elle très vite.

— C'est pour cette raison que vous avez accepté d'épouser un parfait inconnu. Parce que vous ne vous pliez en aucun cas aux exigences de votre père.

— Figurez-vous que j'ai postulé à ce poste.

Elle se maudit aussitôt. Pourquoi avait-elle dit ça ? Cette réaction épidermique allait à l'encontre de sa stratégie. Et à en juger par la lueur satisfaite qui venait de s'allumer dans ses yeux noisette, le roi Orion était conscient d'avoir marqué un point.

— Je suis ravi que vous compreniez que c'est en effet un poste.

D'un simple signe de tête en direction des fenêtres, il désigna l'île tout entière.

— Idylla est un royaume ancien. Petit mais indépendant. Une indépendance qui historiquement a eu un prix.

— Avez-vous l'intention de me raconter l'histoire de mon pays ?

— L'histoire de ce pays est l'histoire de ma famille, Lady Calista. La vôtre, je crois, a été anoblie plusieurs siècles après l'accession au trône du fondateur de la dynastie des Pax.

— Oh ! je vois ! Vous estimez qu'au cours de notre dialogue le pouvoir vous a échappé, alors vous éprouvez le besoin d'affirmer votre supériorité en affirmant que votre sang est plus bleu que le mien.

— Vous vous méprenez sur le sens de mes propos, objecta le roi Orion avec un flegme qui la hérissa.

Elle ne supportait pas ce ton posé !

— En fait, mes ancêtres ont conservé le trône au fil des siècles parce que, hormis quelques exceptions notables comme mon père, les membres de ma famille ont toujours été conscients qu'un roi ne peut être efficace que s'il est aimé.

— Aimé par qui ? s'exclama-t-elle avec un rire beaucoup plus crispé qu'elle ne l'aurait voulu.

— Je ne réclame pas votre amour, ne vous inquiétez pas.

L'espace d'un instant, elle sentit de nouveau des picotements sur ses joues. C'était insensé ! Elle n'allait tout de même pas se mettre à rougir comme une petite fille !

— Tout ce que je demande c'est que vous vous acquittiez de votre tâche. Qui n'est pas de me couver d'un regard éperdu devant les objectifs, même s'il serait préférable que vous évitiez d'avoir une mine renfrognée. Ce n'est pas photogénique, comme vous le savez certainement vu votre profession. Mais là n'est pas l'essentiel. Votre tâche est très simple, Lady Calista. Tout ce que vous avez à faire c'est me donner un héritier.

Elle sentit ses poumons se vider en même temps qu'une chaleur intense la submergeait.

La perspective de faire des héritiers avec le roi Orion semblait soudain beaucoup plus réjouissante que celle de prendre le contrôle de l'entreprise de son père. Mais plutôt mourir que de l'admettre. Ce serait trahir tout ce pour quoi elle avait travaillé toute sa vie. Ce serait trahir sa sœur et se trahir elle-même. Comment avait-elle pu être distraite, même une seule seconde, de son objectif principal ? C'était impardonnable.

Elle se força à rire. D'une manière aussi méprisante que possible.

— Vous n'êtes pas obligé d'enjoliver la situation, Votre Majesté. Il suffit de dire que vous voulez coucher avec moi. Vous n'êtes pas obligé de prétexter des intérêts supérieurs.

3.

Deux jours plus tard, Orion se préparait pour le premier des bals de Noël traditionnels d'Idylla, auquel il assisterait en compagnie de sa fiancée.

Il fallait bien reconnaître que contre toute attente cette perspective le réjouissait. Mais en réalité ce n'était pas si simple. Il s'était imaginé que leur première rencontre permettrait de mettre les choses au clair entre eux et de préciser leurs rôles respectifs. Il pensait que Lady Calista serait comme toutes les jeunes femmes de la noblesse idyllienne auxquelles il avait eu affaire auparavant. Qu'elle le flatterait servilement et qu'elle boirait ses paroles en feignant d'être une jeune fille chaste et non pas une fêtarde. Son personnel lui avait assuré que si elle travaillait en effet dans l'entreprise de son père, c'était purement symbolique.

Mais son comportement avait été en totale contradiction avec celui qu'il attendait d'elle. C'était peu dire que leur rendez-vous ne s'était pas passé comme prévu.

Non seulement elle n'avait pas cessé de se moquer ouvertement de lui, mais en plus elle était partie sans attendre qu'il mette fin à l'entretien. Et surtout, sans accepter une seule de ses conditions. Ni même feindre d'avoir l'intention d'y réfléchir.

À quoi s'attendre de sa part à présent ? Il n'en avait aucune idée.

Mais à vrai dire, il aurait dû se douter qu'un homme comme Aristotle Skyros n'avait pu mettre au monde que des créatures aussi égoïstes, cupides et grossières que lui. En réalité, l'attitude de Lady Calista n'avait rien de surprenant.

Ce qui était totalement incompréhensible, c'était l'effet qu'elle lui avait fait. Bien sûr, il avait été horrifié par sa conduite. Mais son corps en revanche… Son corps – auquel il imposait depuis longtemps un ascétisme qui selon Griffin dépassait les limites du fanatisme – semblait se moquer éperdument que Lady Calista ne ressemble en rien à la reine qu'il avait imaginée. Son corps n'avait été rebuté ni par sa désinvolture ni par son manque de respect envers son roi et futur mari.

Son corps s'était transformé en voyou.

Depuis ce rendez-vous, il se réveillait toutes les nuits en proie à un désir implacable que ni le sport ni les douches glacées n'avaient réussi à étouffer. Il en avait été réduit à fantasmer sur le plaisir que pourrait lui procurer la bouche de Lady Calista si elle l'utilisait pour faire autre chose que pour lui répondre avec insolence.

Qu'elle aille au diable !

Orion se targuait de savoir garder le contrôle de lui-même. En toutes circonstances. C'était encore une décision qu'il avait prise très tôt, quand il avait compris qu'une des nombreuses faiblesses de son père résidait dans son incapacité à refréner ses envies. En particulier en matière de sexe.

Il avait donc décidé d'apprendre à maîtriser sa libido comme il avait appris à maîtriser ses émotions. Il gardait son sang-froid en permanence, quelles que soient les tentations auxquelles il était soumis.

Or, Calista Skyros représentait une tentation.

Ce qui était excédant.

Cependant, il n'avait jamais succombé à aucune tentation.

Réprimant un soupir, Orion laissa son valet de chambre finir de lui mettre le smoking de rigueur pour le premier bal de la saison. Le bal où il allait annoncer ses fiançailles… Une fois prêt, Orion traversa le palais pour rejoindre la femme qu'il n'aurait jamais choisie comme épouse. Dans le même salon privé où il avait dû admettre à sa grande contrariété qu'il ne restait pas de glace devant la fille d'un maître chanteur.

Sans doute avait-il encore du mal à l'admettre, d'ailleurs

Cette fois, quand il ouvrit la porte il ne trouva pas la pièce vide. Il y était même attendu par trois personnes au lieu d'une. Calista était venue avec son père et sa mère. Cette découverte aurait dû le hérisser. Mais sur le moment, un moment qui sembla durer une éternité, il ne vit qu'elle.

Seulement elle. Comme s'il existait un soleil distinct qui ne brillait que sur elle, même la nuit. Mais d'où venait cette image étrange ? Depuis quand avait-il l'âme d'un poète ? Chassant ces pensées de son esprit, il se concentra sur cette femme qu'il était obligé d'épouser. Elle était encore plus jolie que lors de leur première rencontre, ce qui n'aurait pas dû être possible. Peut-être était-ce dû à sa robe spectaculaire. Une robe taillée dans un tissu chatoyant, qui pouvait la faire passer pour une jeune fille qui rêvait depuis toujours de devenir princesse. Ce qui n'était pas le cas, comme il le savait désormais.

Elle lui adressa son petit sourire narquois déjà familier, qui avait à la fois le don de l'exaspérer et de l'électriser.

Bon sang ! comment pouvait-elle le mettre dans un tel état ?

— Je suppose que lorsqu'on est roi on est dispensé de respecter les convenances relatives au premier rendez-vous. Comme par exemple, aller chercher la jeune fille chez elle au lieu de l'obliger à venir au palais par ses propres moyens.

Pourquoi cette façon de saluer son roi et futur époux lui donnait-elle envie de sourire ? se demanda Orion avant de répliquer d'un ton froid :

— Les rois ne se déplacent pas pour aller chez leurs inférieurs, Lady Calista.

Il réprima un nouveau sourire. Sans doute ne devrait-il pas trouver aussi réjouissantes les mines offensées de Skyros et de sa fille, mais c'était plus fort que lui. De toute évidence, ils ne se considéraient ni l'un ni l'autre comme inférieurs à qui que ce soit – et surtout pas à leur roi.

La femme de Skyros, en revanche, s'était inclinée dans une profonde révérence dès qu'il avait pénétré dans le salon, et elle venait tout juste de se redresser.

— Nous ne manquons pas de respect au roi d'Idylla, déclara-t-elle en foudroyant son mari et sa fille du regard. Nous connaissons nos devoirs.

— Épargne-moi les grandes tirades royalistes, Appollonia, grommela Skyros.

Malgré tout, il s'inclina légèrement, comme s'il craignait qu'une caméra soit cachée derrière les tableaux accrochés aux murs pour filmer l'entrevue. Puis, à la grande surprise d'Orion, Calista fit la révérence à son tour.

Mais lorsqu'elle se redressa, elle darda sur lui un regard étincelant. Comme pour le défier de faire le moindre commentaire sur le fait que sa mère conservait une certaine autorité sur elle. Au moins en public.

C'était une information à garder en réserve au cas où, décida-t-il.

— J'espère que vous vous êtes préparés tous les deux pour ce soir, déclara Skyros avec sa suffisance habituelle. Les gens aiment les histoires d'amour des couples royaux, et vous devez vendre la vôtre.

Orion ne daigna pas répondre.

— Papa, ce n'est pas une histoire d'amour. Tu le sais.

Le sourire que Calista adressait à son père n'avait rien de narquois, constata-t-il avec surprise. Il était même très engageant. Mais quelque chose lui disait qu'il était également très hypocrite.

— Peu importe ce que c'est, rétorqua Skyros avec un rire gras. Tout le monde se moque de la réalité, Calista. Ce qui compte, c'est ce que je peux vendre.

Devant le regard entendu que le père de Calista fixa sur lui, Orion réprima un frisson de répulsion. Quel homme odieux ! Dire qu'il allait devenir son beau-père... Cette perspective était insupportable.

— Merci. À présent, je voudrais rester seul quelques instants avec Lady Calista, s'il vous plaît, déclara-t-il d'un ton impérieux.

Skyros ronchonna, mais sa femme parvint à faire une nouvelle révérence tout en se dirigeant vers la sortie à reculons. Quelques secondes plus tard, la porte se referma derrière eux, et Orion se retrouva en tête à tête avec Calista.

Il ne devrait pas en être aussi troublé... Il était censé être consterné par leur mariage prochain. Mais elle portait une somptueuse robe romantique, et il mourait d'envie de promener les mains sur elle, même si ça ne pouvait être d'aucun bénéfice pour le royaume.

— Avez-vous d'autres exigences à formuler que je pourrais refuser de satisfaire ? demanda-t-elle d'un ton qui aurait dû le hérisser.

Un ton si irrespectueux. Si insolent. Si stimulant, pour être honnête. Surtout après une journée d'entretiens avec des conseillers mortellement ennuyeux et des ministres pontifiants.

— Pas exactement, répliqua-t-il en sortant de sa poche une petite pochette de velours.

C'était la tradition, et il n'était pas question d'y déroger, quelles que soient les circonstances de leurs fiançailles. Il desserra les cordons de la pochette et fit glisser dans une de ses mains la bague qu'elle contenait.

— C'est le plus prestigieux des joyaux de la couronne d'Idylla, précisa-t-il tout en se disant qu'elle devait déjà le savoir.

Au creux de sa paume, la bague qui scintillait à la lumière de la lampe semblait vivante. Comme si toutes les légendes qui y étaient rattachées se nichaient dans ses pierres.

— Elle est portée par toutes les reines d'Idylla, qu'elles soient sur le trône ou mariées au roi. Depuis des générations.

— Je…

Pour la première fois depuis leur rencontre, Calista Skyros semblait… déstabilisée.

— Je ne peux pas porter cette bague.

— Vous le devez. C'est un symbole. Il est très important pour notre peuple. Et je tiens à ce qu'elle pare la main gauche de mon épouse, comme le veut la tradition.

Il la vit déglutir péniblement.

— Vous devriez la garder pour quelqu'un de plus approprié, dit-elle à voix basse au bout d'un moment.

— Il est inutile de discuter de ce qui est approprié ou non. Nous avons dépassé ce stade.

Il contempla la bague, admirant comme chaque fois la maîtrise et le sens artistique des anciens joailliers. La disposition des diamants et des saphirs symbolisait l'union de la mer et du ciel, essence même de son royaume insulaire.

— Je n'ai pas l'intention d'avoir plusieurs reines, Calista. Seulement une.

— Bien sûr, vous ne pensez pas… Ça ne peut pas…

Pourquoi cette voix hésitante ? Décidément, son attitude n'avait plus rien à voir avec celle de leur première rencontre. Il demanda avec perplexité :

— Sauriez-vous quelque chose que j'ignore à propos de mon mariage, Lady Calista ?

Elle prit une profonde inspiration. Puis une deuxième.

— Vous allez m'épouser sous la contrainte. Je pensais qu'un jour vous finiriez par trouver un moyen de neutraliser mon père et que vous mettriez fin aussitôt à ce mariage. Par un divorce, une annulation ou tout autre moyen à la disposition d'un roi qui veut retrouver sa liberté.

— Henry VIII avait une prédilection pour les exécutions capitales. C'est à cela que vous pensez ?

— Sérieusement, vous n'envisagez tout de même pas un mariage durable.

— Il n'y aura ni divorce ni annulation. Le règne de mon père a été trop tumultueux. Trop humiliant et trop perturbant pour cette famille et pour le pays. Je veux éviter tout nouveau scandale.

— Votre Majesté… Vous ne pouvez pas considérer ce

mariage comme autre chose qu'un arrangement temporaire. Je ne suis pas la reine qu'il vous faut.

Orion s'efforça de s'arracher à la fascination qu'exerçaient sur lui les lèvres pulpeuses que Calista ne cessait d'humecter avec nervosité. Il considérait cette femme comme indigne de devenir son épouse et reine. Alors pourquoi n'était-il pas soulagé qu'elle semble lucide sur ce point ? Pourquoi avait-il envie de la convaincre que ce mariage n'était pas si insensé ? Il secoua la tête. De toute façon, quoi qu'ils pensent l'un et l'autre ça ne changeait rien à la situation.

— Il faut que je me marie, Lady Calista. Il faut que j'aie des héritiers, et rapidement. Pour rassurer mon peuple en lui prouvant que le royaume est enfin entre de bonnes mains. C'est votre père qui me contraint à ce mariage, mais une fois célébré il sera définitif. Il n'y aura pas de divorce.

Devant l'air consterné de sa future épouse, il ne put s'empêcher de sourire.

— Nous sommes coincés, conclut-il en s'avançant vers elle.

Elle tressaillit. Comme si elle était troublée par son approche… Il fallait reconnaître que cette idée était réjouissante. N'était-ce pas de bon augure pour leur mariage ? Il lui prit la main. Et le contact de sa peau contre la sienne lui coupa le souffle. Son esprit fut assailli par les images qui le poursuivaient depuis qu'il avait évoqué la nécessité de faire un héritier, lors de leur première rencontre. Des images très précises…

Avait-elle les mêmes en tête ? En tout cas, elle tremblait…

Très solennel, il lui glissa la bague au doigt.

Et parce qu'il était un gentleman, il ne lui fit pas remarquer qu'elle tremblait.

— À présent, vous êtes vraiment ma fiancée, déclara-t-il d'une voix qui aurait dû être moins possessive. La femme qui sera mon épouse. Ma reine. Votre nom sera uni au mien pour l'éternité.

— Je sais ce que « fiancée » veut dire, ironisa-t-elle.

Mais son ton était moins sarcastique qu'à l'ordinaire. Et elle ne retira pas la main d'un geste vif comme il s'y était attendu. Il eut le sentiment étrange qu'une force invisible l'en empêchait.

Elle était encore plus jolie que lors de leur première rencontre. Avec son chignon à la fois flou et très chic, qui mettait en valeur ses pommettes hautes et son nez délicat, elle avait quelque chose d'éthéré.

Elle ressemblait à la reine qu'elle deviendrait bientôt.

Il lâcha sa main et éprouva une vive satisfaction lorsqu'elle la garda en l'air un instant pour contempler la bague d'un air ébloui, comme si elle n'en croyait pas ses yeux.

Elle finit par la baisser, l'air un peu désorientée. Il lui offrit le bras, et ils quittèrent la pièce. Tandis qu'ils traversaient le palais jusqu'à la sortie, où les attendait la limousine qui devait les conduire au bal, elle lui parut presque… intimidée. Ce qui ne lui ressemblait pas. Du moins c'était l'impression qu'il avait. Parce qu'en réalité il ne savait pas grand-chose de son caractère. Sinon qu'elle n'éprouvait visiblement aucun scrupule à participer au chantage exercé par son père.

— Où sont mes parents ? demanda-t-elle quand la voiture démarra.

— Dans une autre voiture. Est-ce un problème ?

Vous comprendrez sans doute que je préfère éviter la compagnie de votre père.

— Il peut être désagréable, approuva-t-elle avec un petit rire.

Et quelque chose dans le regard qu'il aurait pu prendre pour de l'aversion si elle avait été quelqu'un d'autre. Quelqu'un qui n'aurait pas travaillé en étroite collaboration avec Aristotle Skyros.

Orion changea de position sur la banquette arrière. C'était sans doute la première fois de sa vie qu'il regrettait que sa limousine soit aussi spacieuse. Si elle avait été plus petite, il serait assis plus près de sa fiancée.

— Pourquoi vous pliez-vous à sa volonté si vous le trouvez aussi désagréable que tout le monde ? demanda-t-il.

Elle resta un long moment silencieuse, les yeux fixés sur la bague qui brillait à son doigt. Quand elle finit par le regarder, ce fut avec un air de défi.

— Vous êtes sans doute la personne la plus mal placée pour me poser cette question.

— Je ne vous suis pas.

Elle eut un petit rire désabusé.

— Vraiment ? N'avez-vous pas obéi aux ordres d'un roi dément pendant des années ?

Il encaissa le coup sans sourciller. À vrai dire, cette attaque directe avait quelque chose de plaisant. Pour une fois que quelqu'un lui parlait sans détour…

— La différence c'est que mon père était le roi. Le vôtre est… quoi donc ? Un homme d'affaires avec un titre de noblesse acquise ?

— Comme si ça faisait une différence.

— Vous auriez pu choisir de partir. Vous auriez pu vous installer en France, par exemple. Ou en Amérique, comme beaucoup. Cependant, vous avez choisi de rester ici. Et de vous rendre complice de ses machinations.

Elle pinça les lèvres.

— Vous ne comprendriez pas.

— Peut-être. Mais je sais que je ne participerais jamais à un chantage.

Visiblement loin de se sentir culpabilisée, elle haussa les épaules en esquissant un sourire narquois.

— Ça ne m'empêche pas de dormir, Votre Majesté. Vous vous inquiétiez pour mon sommeil ?

— Orion.

Le sourire narquois s'estompa.

— Pardon ?

Il haussa les épaules à son tour.

— Vous êtes ma fiancée. Et vous avez visiblement l'intention de rester aussi impertinente que possible avec moi. Autant vous dispenser de me donner mon titre et m'appeler par mon prénom.

Elle se raidit, visiblement rebutée par cette proposition.

— Ce ne serait pas approprié, dit-elle en fixant de nouveau la bague. Ça compliquerait tout.

Il se surprit à sourire et sentit son pouls s'accélérer.

— Vraiment ? N'auriez-vous pas plutôt peur ? Qu'il devienne de plus en plus dur d'obéir à votre père si une certaine familiarité s'installe entre nous ?

— Ne soyez pas ridicule.

— La familiarité. L'intimité. Ça peut être déstabilisant. À votre avis, que deviendrez-vous, Calista ?

— Je ne vous ai pas permis de m'appeler par mon prénom, protesta-t-elle.

Mais sans véhémence.

Assis à l'arrière de la limousine qui descendait la colline en direction de la ville, ils étaient comme dans une bulle, isolés du monde. Peut-être était-ce pour cette raison qu'il céda à une impulsion. Il lui prit la main. Celle qui était parée de la bague qui symbolisait le royaume.

— Je suis votre roi, lui rappela-t-il. Je n'ai pas besoin de votre permission. Et de toute façon, vous appeler par votre prénom est la plus innocente des familiarités que je compte avoir avec vous ce soir.

Elle écarquilla les yeux.

— Ce soir ? Quelles familiarités ?

— Il est de tradition de sceller l'annonce officielle de fiançailles royales par un baiser, Calista. Vous ne l'ignorez certainement pas.

— Comment le saurais-je ? s'exclama-t-elle d'un ton vif.

Un ton qui semblait faire écho à la chaleur qui se répandait en lui…

— Je n'étais pas encore née quand vos parents se sont fiancés. Comment pourrais-je savoir comment s'est déroulée la cérémonie ?

— Je croyais que toutes les jeunes Idylliennes grandissaient avec le rêve d'épouser un membre de la famille royale.

— Pas moi.

— Mon père était plus traditionnel, à l'époque. Il était l'héritier de la couronne, et mon grand-père aurait désapprouvé que la tradition ne soit pas strictement respectée. Lors du premier bal de la saison, mon père a donc présenté ma mère au royaume en montrant à l'assistance sa main ornée de la bague d'Idylla. Puis il l'a embrassée sur le balcon de l'opéra, avant de danser avec elle sous les acclamations de la foule.

— Toute cette mièvrerie… Rien que d'y penser ça me soulève le cœur.

— Désolé, mais nous respecterons ce rituel même si vous devez avoir des haut-le-cœur.

Elle le foudroya du regard.

— Je n'ai aucune envie de vous embrasser, sur un balcon de l'opéra ou ailleurs. Et je ne danse pas.

— Que vous dansiez ou non dans le privé, c'est votre choix, Calista.

Elle tenta de dégager la main de la sienne, mais il la retint.

— Mais ce soir danser fait partie de vos obligations, et j'ai le regret de vous informer que je sais que vous avez toutes les compétences requises dans ce domaine. Comme toute jeune fille appartenant à la noblesse, vous avez été initiée à ce genre de pratiques dès votre plus jeune âge. Vous pensiez que je ne le vérifierais pas ?

— Vous ne pouvez pas m'obliger à danser avec vous.

— Je n'aurai pas à le faire. Vous semblez craindre suffisamment votre père. Informez-le donc que vous avez l'intention de vous rebeller contre la tradition ce soir. Je suis sûr qu'il approuvera chaleureusement votre choix.

Elle resta silencieuse un instant, tandis que la limousine descendait lentement une des grandes avenues de la ville sous les acclamations de la foule rassemblée sur les trottoirs. Les drapeaux qui flottaient sur le capot de la voiture, et les illuminations qui paraient la ville de rouge, de vert et d'or chaque année dès la première semaine de novembre, créaient une atmosphère à la fois solennelle et festive.

— Si vous m'embrassez, je vous mordrai.

— Encore une menace en l'air, répliqua-t-il d'un ton léger.

Tout à coup, il prit conscience d'un fait pour le moins

surprenant. Il s'amusait. Il était même en proie à une douce euphorie…

— Mais ne craignez rien, ma chère fiancée. Ça ne sera pas un vrai baiser. Ce serait inapproprié.

Non seulement ce serait inapproprié, mais en plus il ne cédait jamais à la tentation. Ses pulsions et ses émotions restaient sous contrôle en toutes circonstances.

Mue par une volonté propre, une main d'Orion se posa sur la joue de Calista.

— Que… ? Que faites-vous… ? protesta-t-elle d'une voix entrecoupée.

Mais sans le moindre mouvement de recul.

— Voici un vrai baiser, Calista, s'entendit-il déclarer.

Puis, effectivement, il lui montra ce que c'était.

4.

Le roi l'embrassait.

Affolée, Calista tenta de lutter contre les sensations délicieuses qui l'assaillaient. Pourquoi l'embrassait-il ? Et surtout, pourquoi l'embrassait-il aussi bien ? Pourvu qu'il arrête…

Mais le roi continuait. Et elle faiblissait malgré elle. Cette bouche qui paraissait si sévère au premier abord était si douce… Elle faisait voleter des papillons dans son ventre. Alarmée par cette pensée, Calista s'efforça de reprendre ses esprits et s'apprêta à dérober sa bouche à celle d'Orion. Mais au même instant, il approfondit son baiser.

L'incendie qui éclata en elle réduisit à néant ses velléités de résistance. Elle lui répondit avec ardeur, se rapprochant de lui comme pour éteindre le feu qui la consumait. Ou l'attiser. Elle ne savait pas. Tout étourdie, elle se perdait dans ce baiser de plus en plus grisant au fur et à mesure qu'il se prolongeait. Si bien que lorsqu'il s'interrompit, elle resta interdite. Son regard rencontra celui d'Orion, puis elle prit conscience qu'elle était cramponnée à lui, les doigts crispés sur sa veste.

S'efforçant de se ressaisir et de reprendre son souffle, elle s'écarta de lui.

— Ça ne se reproduira plus, déclara-t-elle d'un ton qu'elle espérait choqué.

Mais devant le sourire imperceptible qui étira les lèvres d'Orion, elle déchanta. De toute évidence, il n'était pas dupe. Mais était-il obligé pour autant d'avoir l'air aussi content de lui ? Et elle, pourquoi ne parvenait-elle pas à être furieuse ? Pourquoi ressentait-elle encore les effets de ce baiser au point d'en vibrer tout entière ?

— Si vous le dites, murmura-t-il d'une voix profonde qui résonna en elle et accrut son trouble.

Au prix d'un effort immense, elle résista à la tentation de se passer la langue sur les lèvres. Pas question de lui montrer à quel point son baiser l'avait affectée. Même s'il devait s'en douter, il fallait à tout prix éviter de lui en apporter la preuve.

Il sortit son portable de la poche de sa veste, et elle feignit de ne pas l'observer du coin de l'œil tandis qu'il consultait ses messages avec un flegme pour le moins vexant. Ne devrait-il pas être aussi chamboulé qu'elle par ce baiser ?

Ayant appris très tôt à tenir sa langue pour avoir des chances de survivre face à son père, elle resta silencieuse et détourna les yeux. Elle regarda la ville qui défilait derrière la vitre de cette limousine qui l'emmenait vers son destin. Un destin qu'elle n'avait pas désiré et, qu'à vrai dire, elle avait pris à la légère jusqu'à ce soir. Jusqu'à ce que le roi l'embrasse. Jusqu'à ce qu'il lui donne un baiser si dévastateur qu'elle en était toute retournée. Jamais elle n'avait été aussi déstabilisée. Elle se sentait même un peu ridicule, ce qui ne lui était encore jamais arrivé.

Et dire que contrairement à ce qu'elle avait prévu, Orion ne voulait pas d'un mariage temporaire…

— J'espère que vous êtes préparée.

La voix profonde d'Orion la fit frissonner, à son grand dépit. Décidément, cet homme la troublait beaucoup trop.

— De quel genre de préparation parlez-vous ? demanda-t-elle d'une voix égale, dont elle se félicita. Je suis vice-présidente d'une multinationale. En principe, je n'ai pas besoin qu'on me rappelle de me préparer pour aller à une soirée.

— Je n'en doute pas une seule seconde. Mais il faut que vous sachiez que dès l'instant où vous sortirez de ce véhicule à mon bras, votre vie va changer.

Elle attendit qu'il rie de sa plaisanterie. Ou qu'il sourie. Mais apparemment, il était sérieux. Elle fut envahie par un grand froid.

— Que voulez-vous dire ? Je ne veux pas que ma vie change. J'aime ma vie telle qu'elle est.

Du moins ce serait le cas très bientôt.

— J'ai beaucoup travaillé pour avoir cette vie.

Avec acharnement. Entièrement concentrée sur l'objectif qu'elle était enfin sur le point d'atteindre.

— Vous n'êtes tout de même pas naïve à ce point.

Pourquoi lui parlait-il d'une voix aussi douce, tout à coup ? Comme si… Comme s'il avait pitié d'elle.

— Chaque fois que je me rends à une soirée en compagnie d'une femme, ça soulève l'enthousiasme de la foule. J'ai beau répéter que les femmes en question sont mes cousines, ça ne sert à rien. C'est le cirque.

Elle avait souvent eu l'occasion de le constater. Sans même le chercher, elle avait vu les scènes à la télévision ou en une des journaux. Et elle savait, comme tout le monde, que si Orion avait eu des maîtresses il avait réussi à les cacher. Elle savait tout cela, mais de la même manière qu'elle savait que Noël était en décembre. Ce n'était qu'un fait, qui n'avait rien à voir avec elle.

Orion poursuivit sur le même ton compatissant, qui rendait la situation encore plus angoissante.

— Mais je ne suis encore jamais arrivé à un bal de Noël en compagnie d'une femme n'appartenant pas à ma famille. Vous devriez vous préparer à la réaction de la foule à notre descente de voiture. Cependant, ce ne sera rien en comparaison de l'allégresse qui s'emparera du pays, de la presse et d'une grande partie de la planète à l'annonce de nos fiançailles.

Il fit une pause avant d'ajouter d'un air grave :

— J'espère que vous savez dans quoi vous vous êtes engagée.

La gorge sèche, elle déglutit péniblement.

— Ça va aller.

La limousine ralentit à l'approche de l'opéra, et Calista sentit son pouls s'accélérer tandis que le bruit provenant de la rue s'amplifiait. Orion lui prit la main, mais ce fut pour toucher sa bague. La bague des reines d'Idylla. Que tous les écoliers du royaume étaient capables d'identifier.

Le soleil qui entrait par les vitres faisait scintiller les pierres. Il éclairait également le profil d'Orion, qui ornerait bientôt la monnaie idyllienne à la place de celui de son père. Le profil d'un homme qui ressemblait à ce qu'il était, le descendant d'une dynastie vieille de plusieurs siècles.

Calista fut prise de vertige. Jusqu'à cet instant, elle n'avait pas réellement pris conscience de l'aspect public de la situation. Concentrée sur l'objectif qu'elle poursuivait au sein de Skyros Media, elle avait pris ce mariage à la légère. Le considérant comme un arrangement privé temporaire dont aucun des deux conjoints ne serait dupe, elle avait omis de réfléchir au retentissement national et international de ses fiançailles avec… Orion Augustus Pax. Le roi.

Elle n'était pas un personnage public. Son père était connu, ce qui lui avait valu quelques commentaires malveillants à l'école, mais ça n'avait jamais été plus loin. Les gens qui avaient des raisons d'en vouloir à son père s'en prenaient à lui, pas à elle. Par ailleurs, son travail ne lui laissait pas le temps de voyager à travers le monde, de se prélasser à bord de yachts luxueux, ou de fréquenter des gens de son milieu ; elle n'apparaissait jamais dans les médias. Ce qui ne manquait pas d'ironie quand on était vice-présidente d'un groupe de presse dont l'existence reposait essentiellement sur la publication d'indiscrétions sur la vie privée des célébrités et la recherche du scandale.

Mais c'était justement à cause des dérives de Skyros Media que Calista avait toujours pris soin de rester dans les coulisses.

La limousine s'arrêta, et elle sentit son estomac se nouer au son de l'immense clameur qui s'élevait de la foule. Elle s'appliqua à inspirer profondément, mais l'air resta coincé dans sa gorge.

— C'est toujours comme ça ? demanda-t-elle d'une voix étranglée.

— Je suis le roi. Il vaut mieux qu'ils m'accueillent avec des cris de joie qu'avec des hurlements de haine comme mon père. Vous ne trouvez pas ?

— Je ne suis pas du genre à me poster sur le passage du cortège royal. Si bien que je n'ai jamais prêté attention à la cacophonie, favorable ou défavorable.

Il la considéra en silence pendant un long moment, si bien qu'elle finit par ne plus savoir si le bruit qui l'assourdissait provenait toujours de l'extérieur ou s'il était en elle. Comme la chaleur intense qui se répandait dans tout son corps.

— Est-ce le moment où vous me dites qu'il est encore temps pour moi de changer d'avis ? s'entendit-elle demander.

Orion pinça les lèvres, et le regard qu'il darda sur elle la cloua sur son siège.

— C'est ça l'ennui, non ? Vous ne pouvez pas changer d'avis. Pas plus que moi. C'est la nature même du chantage, figurez-vous. Sordide et révoltant. On est toujours obligés de faire des choses détestables.

Ressaisis-toi, se dit-elle fermement. *Maintenant. Ce n'est qu'une foule. Et Orion n'est qu'un homme. Un homme très puissant et très choyé.*

Elle ne put s'empêcher d'insister. Ce fut plus fort qu'elle.

— J'aurais cru que vous auriez au moins un sage conseil à me donner. Que je devrais essayer de les imaginer tous entièrement nus, ou quelque chose dans le genre.

— Je ne crois pas que je trouverais l'image d'une foule entièrement nue très réconfortante, répliqua-t-il d'un ton sarcastique. Mais si ça vous aide, Calista, n'hésitez pas. Imaginez la mer de nudité que vous pensez susceptible de vous apaiser.

Elle regarda de nouveau par la vitre, toujours aussi angoissée. Et complètement dépassée.

— Vous avez raison. Ce n'est pas mieux.

Il la considéra encore un long moment en silence, puis frappa à la vitre. Presque aussitôt la portière fut ouverte. Le bruit s'engouffra dans la voiture, encore plus impressionnant. Du regard, Orion fit signe à Calista qu'elle devait sortir derrière lui, par la même portière. Puis il descendit de voiture d'un mouvement souple.

Elle s'humecta les lèvres. C'était le moment où jamais

de reconsidérer ses choix. De se demander pourquoi elle ne s'était pas rebiffée contre son père. Pourquoi avait-elle accepté de participer à cette mascarade insensée ? Difficile de se le rappeler à présent qu'elle était assise à l'arrière de la limousine royale, en train de vivre ses derniers instants d'Idyllienne ordinaire…

Elle se força à respirer régulièrement. Dehors, Orion saluait la foule. Ses sujets. Plus que quelques secondes de répit… Orion se tourna vers elle et tendit la main. Non. Elle n'était pas prête. Pas encore. Elle était terrifiée…

Orion attendait, la main tendue. Elle rencontra son regard. Un regard qui était un ordre à lui seul. À sa grande surprise, alors que son esprit était en proie à la plus grande confusion, son corps obéit. Elle tendit la main comme un automate. Lorsque Orion referma les doigts dessus, celle-ci s'enflamma. Puis le feu remonta le long de son bras et se répandit dans tout son corps. Pendant un instant qui sembla durer une éternité, il n'y eut plus rien d'autre que ce feu qui l'embrasait. Sa main dans la main d'Orion. Et les yeux d'Orion dans les siens.

Puis tout s'accéléra.

Orion la redressa d'un mouvement souple et puissant. Sourire aux lèvres, il se pencha vers elle et déposa un baiser sur sa joue en murmurant :

— Pour la galerie, chère fiancée.

Puis il se tourna et la présenta à la foule.

Son destin était scellé. Elle était en train de se noyer.

La clameur de la foule avait redoublé d'intensité et se prolongeait tandis que les flashs crépitaient. Sans fin.

Mais Orion ne la lâchait pas. Et elle se cramponnait à sa main en arborant un large sourire, comme si sa vie en dépendait. Lorsqu'ils franchirent enfin la porte monumentale de l'opéra royal après avoir foulé sur quelques dizaines de mètres le tapis rouge déroulé pour l'occasion, elle eut l'impression d'avoir couru deux marathons d'affilée. Elle qui n'avait jamais couru de sa vie ou presque.

Le silence qui régnait dans le hall d'entrée était saisissant. Si l'on exceptait le bruit de sa respiration hachée.

— Essayez d'éviter l'hyperventilation, lui conseilla Orion. Certes, nous sommes à l'opéra, et les fauteuils sont confortables. Malgré tout, il vaudrait mieux vous abstenir de vous évanouir. Cela donnerait lieu à des spéculations fâcheuses.

— Je vais très bien.

Non, elle n'allait pas bien. Pas bien du tout. Mais comme elle n'avait pas l'intention de s'effondrer par terre en pleurant, à quoi bon l'avouer ?

— J'en suis ravi.

Elle promena son regard autour d'elle. À part des serveurs en livrée qui se tenaient prêts à entrer en action, il n'y avait personne dans le hall parsemé de statues de marbre. De toute évidence, les invités accédaient directement à la salle de bal. Disposer d'une antichambre où faire une halte avant de se joindre à eux était un privilège réservé au roi. Sans nul doute pour lui permettre de faire son entrée avec la solennité appropriée.

Ou plus exactement, pour *leur* permettre de faire *leur* entrée. Ensemble.

Parce qu'elle s'y était engagée. Sans prendre le temps de réfléchir. Elle expira longuement, accrocha un nouveau sourire à ses lèvres et prit le bras que lui offrait le roi d'Idylla. Non seulement elle le suivit docilement dans la salle de bal, mais elle le laissa également officialiser leurs fiançailles depuis le balcon royal par un baiser romantique qui aurait pu lui tourner la tête. Qui aurait pu lui faire oublier les regards braqués sur eux et le sourire satisfait de son père.

Qui aurait pu faire exploser son cœur si elle n'avait pas joué la comédie.

Et si elle avait été obligée de se rappeler fermement qu'elle jouait la comédie, qu'Orion en faisait autant, et que rien de tout cela n'était réel… Eh bien, tant pis.

Il y avait longtemps qu'elle avait appris à accrocher à ses lèvres un sourire factice et à feindre que tout était pour le mieux dans le meilleur des mondes, quoi qu'il arrive.

Parce que sa vie en dépendait. Et celle de Melody aussi.

5.

— Le personnel est en plein désarroi, déclara Griffin en pénétrant dans le bureau d'Orion.

— Entre, je t'en prie, Griffin, murmura Orion d'un ton sarcastique tandis que son frère se laissait tomber dans son fauteuil favori, sans attendre d'y être invité. Fais comme chez toi. Inutile de me demander si je ne suis pas occupé à régler une affaire délicate.

Ce n'était pas le cas. Mais ça aurait très bien pu l'être.

Griffin ne sembla pas perturbé le moins du monde par cette éventualité.

— Tout le palais se perd en conjectures depuis que les fiançailles sont officielles. Il n'est pas impossible que tu aies déclenché une révolution.

Orion soupira et leva les yeux du dernier rapport fumeux que le ministre qu'il appréciait le moins lui avait remis. Et qu'il était bien sûr censé avoir déjà lu et annoté. Il se massa les tempes en réprimant un bâillement. Depuis le début de la matinée, il était assis à son bureau à lire pile après pile de documents. Comment faire autrement ? Il avait vingt années de gestion désastreuse à rattraper. La totalité du règne de son père.

— Qu'ai-je fait pour aiguillonner les forces révolutionnaires ?

Comme toujours il regarda son frère avec un mélange

d'affection, d'envie due à l'impossibilité pour l'héritier du trône de partager l'insouciance du cadet, et de gratitude pour ce qui les unissait malgré tout.

— Votre fiancée, Sire, plaisanta Griffin en allongeant les jambes. Ignorerais-tu qu'elle a refusé de laisser ton armée de secrétaires particuliers s'occuper d'elles ?

— Qu'attend-on de Calista, exactement ?

Excellente question, songea Orion avec dérision. D'ailleurs, il se la posait lui-même toutes les nuits.

Il avait espéré tout naturellement trouver dans une fréquentation assidue des raisons de se désintéresser rapidement d'elle. Malheureusement c'était tout l'inverse. Plus il passait de temps avec sa future épouse, plus ses nuits devenaient compliquées. Parce que plus il la côtoyait, plus il avait envie d'elle.

Avoir un aperçu de ce qu'elle cachait sous ses dehors insolents n'avait rien arrangé. Il aurait préféré ne pas être témoin de la vulnérabilité qu'elle avait montrée malgré elle avant leur premier bal. Par ailleurs, les choses seraient plus faciles s'il ne connaissait pas le goût de sa bouche.

Pendant ses longues nuits d'insomnies, il se répétait qu'il avait de la chance d'éprouver de l'attirance pour l'épouse qu'on lui imposait. Qu'il devrait se réjouir que ce mariage présente au moins un avantage. Mais le jour, il se souvenait de qui elle était la fille. Et il s'en voulait terriblement de laisser cette attirance le perturber.

Chaque semaine, il allait la chercher dans le même salon. Elle portait chaque fois des tenues fantastiques, qui étaient amplement commentées – comme l'avait été leur baiser de fiançailles – dans tous les médias dès le lendemain. Et pas seulement dans ceux qui appartenaient à sa famille.

Il n'y avait pas eu d'autres baisers. Pas d'autres discussions empreintes de sensualité. Ni d'autres éclairs de vulnérabilité, d'ailleurs.

En revanche, ils dansaient.

Et pour ne rien arranger, il avait découvert que Calista Skyros – fille de maître chanteur, insolente et irrespectueuse par nature comme par inclination – correspondait parfaitement à l'image qu'il avait d'elle dans ses rêves torrides. Gracieuse. Souple. Éthérée.

Comme si elle avait été créée spécialement pour se lover dans ses bras. Idée ridicule.

Ce qui n'empêchait pas leurs affinités d'être bien réelles. Sur les photos c'était flagrant. Il en avait vu des dizaines. Impossible d'y échapper, même s'il l'avait voulu. Et sur les vidéos c'était encore pire. Il n'y avait aucun doute possible. Cette harmonie mystérieuse qui les unissait n'était pas un effet de son imagination.

— Ils attendent de Calista qu'elle se comporte comme est censée le faire la fiancée du roi.

La voix de Griffin arracha Orion à ses pensées. Il tourna la tête vers lui et ignora résolument son regard scrutateur.

— Elle ne se conforme à aucune des règles habituelles, poursuivit son frère. Elle a même refusé de suivre le programme de… Comment appeler ça ? De formation.

— Elle danse comme une femme de sang noble qui a pris des cours dès son plus jeune âge. Sa garde-robe est d'une élégance irréprochable, et elle n'a pas encore commis un seul impair. Que lui demander de plus ?

— Allons, Orion ! protesta Griffin en riant. Tu n'as tout de même pas oublié notre plus grand plaisir pendant nos années de formation ? Toutes les subtilités de l'étiquette enfoncées dans nos têtes jour après jour par des bataillons de secrétaires particuliers de grand-père ?

Orion décida de ne pas mentionner qu'il avait pris plus de plaisir que Griffin à ces sessions.

— Oui, mais Lady Calista est de sang noble, née et élevée à Idylla. Je sais de source sûre qu'elle a déjà eu droit à ce genre de cours. Pendant longtemps.

Griffin haussa les épaules.

— Ce n'est pas moi qu'il faut convaincre. C'est ton personnel, Orion. Ils pensent que ta future épouse est…

Griffin eut un sourire narquois.

— … trop versée dans l'art de traiter avec la presse. Et ignorante des responsabilités qui l'attendent quand elle sera mariée avec toi.

Orion réprima un soupir. Il n'avait pas envie de s'occuper du problème Calista. *Menteur*, lui murmura une petite voix intérieure. *Tu as envie de la voir alors que tu sais que tu ne devrais pas.*

Il se leva et salua pompeusement Griffin, qui resta avachi dans son fauteuil.

— Merci de m'avoir informé de ce problème. Je me demande pourquoi j'emploie des employés, puisqu'ils préfèrent partager des potins avec mon frère au lieu de me faire part directement de leurs inquiétudes.

— C'est parce que j'aime les potins, comme tu le sais. Que peut faire d'autre de son temps et de sa fortune le prince play-boy d'Idylla ?

— À propos…

— Oui, oui, le coupa Griffin en roulant les yeux. Je n'ai pas oublié ce que je t'ai promis.

— Si tu ne choisis pas une épouse, tu vas m'obliger à choisir pour toi. C'est ce que tu veux ?

Griffin ne parut pas s'inquiéter.

— C'est notre père qui a choisi la tienne. Tu sembles tenir le coup.

— Si tu veux dire que je m'acquitte admirablement de mon devoir, oui. C'est mon travail.

— Tu ne la regardes pas comme si elle était un *travail*, Orion.

Devant le regard noir de son frère, Griffin eut un large sourire avant d'insister.

— Non, pas du tout. Et qui sur cette planète sait mieux que nous ce que veut dire partager la responsabilité des péchés des pères ? Peut-être cette femme…

— Je sais quel est mon devoir, le coupa Orion d'un ton plus vif qu'il ne l'aurait voulu.

Griffin allait encore être ravi… Il adorait provoquer des réactions – n'importe lesquelles – chez les gens.

— Et je l'accomplirai, comme toujours. Tu te souviens peut-être que tu m'as promis d'en faire autant.

— Mon problème n'est pas de trouver une femme à épouser, Orion. C'est qu'elles sont beaucoup trop nombreuses, et toutes avec leurs exigences propres.

— Je choisirai volontiers pour toi, si tu trouves la tâche trop pénible.

— Tu ferais peut-être mieux de t'occuper de ta future épouse récalcitrante, suggéra Griffin en riant. Je trouverai la mienne, ne t'inquiète pas.

Orion se dirigea vers la sortie. Si, il s'inquiétait. Il s'inquiétait à propos de tout, comme il l'avait toujours fait. Parce qu'il n'y avait personne d'autre pour s'en charger. Cependant, il était inutile de bousculer Griffin quand il était dans une de ses phases d'indolence.

Orion laissa donc son frère dans son bureau pour aller voir son personnel. Griffin avait peut-être mal interprété la situation. Parfois il était difficile de faire la différence entre les potins qui circulaient réellement dans le palais et ce que Griffin décidait de prendre pour des potins.

Le personnel fut très surpris de voir arriver le roi en personne dans les bureaux. Tout le monde bondit pour faire la révérence. Devant l'affolement général, Orion dut se rendre à l'évidence. Pour une fois, son frère n'avait pas exagéré.

— Son attitude est tout à fait extraordinaire, lui confia son secrétaire en chef lorsqu'ils se furent isolés tous les deux dans son bureau.

L'homme était de toute évidence horrifié de voir son souverain assis dans un fauteuil ordinaire devant son bureau, mais il poursuivit néanmoins.

— Dans l'histoire du royaume, il n'y a jamais eu une reine qui…

Il déglutit péniblement, comme s'il n'osait pas prononcer le mot.

— Votre Majesté, Lady Calista *travaille.*

— Dans l'entreprise de sa famille, oui. Je crois qu'elle en est très fière.

Son secrétaire réussit l'exploit d'exprimer une vive désapprobation tout en restant obséquieux. Serait-il capable d'en faire autant lui-même ? se demanda Orion. Mais il ne s'attarda pas sur cette question, parce qu'une autre le préoccupait bien davantage. Depuis quand s'était-il institué défenseur de Calista ?

— Le mariage sera célébré la veille de Noël, lui rappela son secrétaire.

— Je n'ai pas oublié.

L'homme inclina la tête.

— Et votre fiancée ne s'est pas encore présentée au palais afin que nous puissions commencer à la former à ses nouvelles responsabilités. Elle ne peut pas… juste apparaître la veille en espérant jouer correctement son rôle de reine. Ce serait désastreux.

Orion réprima un soupir. Il n'avait pas besoin que son secrétaire lui rappelle que le royaume avait déjà connu suffisamment de désastres. Son personnel avait été obligé de l'aider pendant le règne de son père, lorsqu'ils passaient leurs journées à tenter de réparer les erreurs qui pouvaient l'être. Pas étonnant qu'ils soient tous inquiets. Ils craignaient que sa fiancée les ramène à cette période chaotique.

Malgré tout…

— Ce n'est pas une étrangère que nous avons ramassée dans la rue, fit-il remarquer d'un ton pince-sans-rire. C'est la fille d'un membre de la noblesse idyllienne.

— Qui l'a sans aucun doute préparée à se comporter comme il se doit dans la haute société, Votre Majesté. Cependant, ça ne peut en aucun cas remplacer la formation nécessaire pour représenter le royaume en tant que reine. Pardonnez-moi l'expression, mais c'est une autre paire de manches.

Orion se surprit à penser à sa mère. Elle avait sans doute reçu l'instruction appropriée. Mais elle était si jeune… Et personne n'aurait pu lui enseigner comment s'y prendre avec son mari. À la lumière de ce qu'il savait aujourd'hui, il n'était peut-être pas surprenant que sa mère ait fini par se donner la mort.

Le soir du bal, dans la voiture, il avait vu de la terreur pure sur le visage de Calista. Ce qui suggérait qu'elle ne se réduisait pas à être la fille de son odieux père, envoyée par ce dernier au palais pour jouer à ses petits jeux sordides.

L'idée qu'une autre reine – *sa* reine – pourrait sombrer un jour dans le désespoir au point de suivre les traces de sa mère était insupportable.

— Laissez-moi faire, dit-il à son secrétaire.

Et il décida de s'accorder une petite escapade. Son père avait toujours aimé le faste de la monarchie. Cortèges de voiture. Défilés. Et une escorte d'au moins une dizaine d'hommes en armes pour l'accompagner partout où il allait. Le faste avait sa place dans la vie du palais, certes. Il fallait prendre garde de ne pas rejeter certaines choses sous prétexte que son père les avait appréciées. L'histoire glorieuse du trône d'Idylla et celle de sa famille, par exemple.

Mais aujourd'hui, il allait se faire plaisir. Après avoir troqué son costume sur mesure contre une tenue plus décontractée, Orion quitta le palais par une petite porte devant laquelle il était interdit aux journalistes de se poster. Il aurait aimé rester seul, mais il était le roi et avait conscience de ses responsabilités. Même quand il les esquivait temporairement. Il se fit donc accompagner de deux gardes du corps, habillés avec discrétion eux aussi, mais leur donna l'instruction de se tenir à bonne distance de lui. Il voulait avoir l'illusion de mener une vie normale et de pouvoir simplement se promener en ville s'il en avait envie.

Il en avait d'ailleurs régulièrement envie. De temps en temps, il sortait du palais en laissant ses préoccupations habituelles derrière lui, pour se mêler aux passants. Parfois ses sujets le reconnaissaient, mais ils étaient si heureux de voir le roi s'accorder des plaisirs simples – au lieu de se compromettre dans des scandales qui faisaient la une des médias du monde entier – qu'il y avait rarement des attroupements.

L'air de la matinée était vivifiant. Frais, selon les normales méditerranéennes. Orion suivit un chemin sinueux à flanc de colline et arriva dans le quartier aisé, où la plus grande partie de la noblesse idyllienne résidait lorsqu'elle se trouvait en ville. Chaque famille possédait un domaine ancestral à la campagne sur l'île principale ou sur les îles plus petites qui faisaient partie du royaume.

À l'approche de la rue où habitait Calista, Orion ralentit en apercevant un groupe de paparazzis postés devant la demeure majestueuse d'Aristotle Skyros. Relevant le col de son manteau pour se protéger de l'humidité, il évita la rue et poursuivit son chemin en direction du quartier des affaires. Six rangs de paparazzis montaient la garde devant le siège de Skyros Media. Il consulta ses gardes du corps, qui le conduisirent jusqu'à une ruelle à l'arrière de l'immeuble, dans lequel il pénétra par une porte de service.

Il prit l'escalier jusqu'au troisième, où se trouvait le bureau de Calista d'après ses renseignements. Il allait arriver à l'improviste dans le bureau de sa charmante fiancée, pour une petite conversation à laquelle elle n'aurait pas eu le temps de se préparer. Il imaginait déjà sa réaction… Nul doute qu'elle allait protester avec sa vivacité habituelle. Se réjouissant à l'avance, il franchit la porte de la cage d'escalier. Et s'immobilisa en entendant des éclats de voix au détour du couloir.

— Ce n'est pas une demande, Calista. As-tu regardé ce qui se passe dans la rue ? C'est un zoo !

Aristotle… Plus furieux que jamais.

— Papa. S'il te plaît.

La voix de Calista était tendue.

— Je ne peux pas laisser tomber mon travail !

— Les vice-présidents, ça court les rues, ma fille. Tu vas épouser le roi. C'est beaucoup plus important.

Il pourrait signaler sa présence. Il pourrait avancer jusqu'à l'angle du couloir et se présenter à eux. Mais il resta immobile. Il n'était pas aussi probe et honorable qu'il s'était toujours targué de l'être. Il fallait bien l'admettre. Parce que s'il avait été probe et honorable, il ne serait pas resté là à écouter aux portes, pour ainsi dire.

Ses gardes du corps et lui échangèrent un long regard, mais aucun des trois ne bougea. Oui, en fin de compte, il était un homme comme les autres… Cette découverte avait beau le surprendre au plus haut point, Orion continua d'écouter attentivement la conversation entre sa fiancée et son père.

— Ce n'est pas une carrière, il me semble, rétorqua sèchement Calista. C'est une opération de prestige. *Ton* opération de prestige. Pas la mienne.

L'écho de la gifle administrée à sa fille par Skyros résonnait encore dans le couloir quand Orion bondit vers eux. Sans l'avoir décidé. Mais il fallait qu'il voie la scène de ses propres yeux. La marque rouge sur la joue de Calista et son regard outré.

Le père comme la fille ouvrirent de grands yeux quand il apparut au coin du couloir, mais il ne parvint pas à se réjouir de leurs mines ébahies. Il était trop occupé à retenir les coups que ses mains brûlaient de donner.

— Vous savez, je suppose, Skyros, que lever la main sur un membre de la famille royale est puni par la loi, déclara-t-il avec un calme qui lui parut admirable. C'est une loi ancienne qui remonte à plusieurs siècles, mais elle est toujours en vigueur. Et si la peine de mort a été abolie, il n'en reste pas moins que frapper quiconque appartenant à la famille royale est un crime. De haute trahison, pour être précis.

Faire chanter les rois était tout aussi illégal, bien sûr, ce qui n'avait pas arrêté Skyros…

— D'où sortez-vous ? glapit Skyros.

Mais Calista restait silencieuse, nota-t-il. Elle avait

une main posée sur sa joue écarlate, et son regard jetait des étincelles de colère.

Dirigées contre lui, pas contre son père.

— Ne levez plus la main sur ma fiancée, intima-t-il à Skyros. Sinon, je vous jure que je vous ferai jeter au cachot.

— Les conséquences seraient très déplaisantes pour vous, croyez-moi.

— Si on vérifiait ça ?

Skyros se contenta d'une moue méprisante, puis il se tourna vers Calista.

— Ma décision est définitive. Tu es renvoyée.

Calista laissa échapper un son qui ressemblait à un gémissement étranglé, mais il l'ignora et s'éloigna à grands pas.

— Vous a-t-il fait mal ? demanda Orion en prenant soudain conscience que son cœur battait à tout rompre.

— Il m'a giflée, rétorqua-t-elle d'un ton vif.

Elle ôta la main de sa joue, dévoilant la marque encore nettement visible des doigts de Skyros. Orion fut submergé par une rage mêlée d'un sentiment plus confus qu'il ne parvint pas à identifier.

— Distribuer des gifles ne lui a jamais posé de problèmes, si c'est ce que vous voulez savoir. J'ai juste perdu l'habitude. Ça faisait longtemps que je n'avais pas réussi à éviter d'en recevoir une. Et votre arrivée surprise n'arrange rien.

— Calista.

Il avait tellement de choses à dire… Trop de choses. Mieux valait éviter de se laisser aller.

— Vous vous oubliez. Je suis votre souverain. Je vais où je veux.

— Les bals, les belles robes, tout ce cinéma…

Elle secoua la tête.

— Rien de tout cela n'a sa place ici. C'est une entreprise. Les gens *travaillent* ici.

— Mais pas vous, objecta-t-il d'un ton qui manquait peut-être de compassion. Si je ne me trompe pas, votre père vient de vous licencier, non ?

Il vit se peindre sur son visage une vive émotion plus complexe que la colère.

— Il est sur les nerfs. Il reviendra sur sa décision.

— Il se trouve que je n'en ai pas envie. Je préférerais que vous ne travailliez pas.

Elle tressaillit puis lui lança un regard noir.

— Qu'est-ce que ça signifie ? Vous vous êtes concertés tous les deux ?

— Je ne me « concerte » pas avec quelqu'un comme votre père, Calista. Mais il se trouve que mon personnel fait campagne pour…

— Faire campagne c'est la seule activité de votre personnel, le coupa-t-elle d'un ton brusque.

Ce manquement à l'étiquette hérissait visiblement ses gardes du corps, nota Orion. Mais pour sa part il prenait plutôt ça pour une marque d'affection. Ou quelque chose d'approchant…

— Ils me harcèlent depuis des semaines, précisa-t-elle.

— C'est leur travail de vous préparer à votre nouveau rôle. Un travail qu'ils ne peuvent pas accomplir si vous passez vos journées ici à travailler vous-même à votre ancien poste.

La colère d'Orion étant un peu retombée, il prenait conscience de certains détails. Il n'était pas un spécialiste des codes vestimentaires dans l'entreprise, mais la tenue de Calista avait été manifestement choisie pour transmettre un certain message. Un message qui lui plaisait.

Talons aiguilles dangereusement pointus. Jupe sobre qui dévoilait des jambes interminables. Chemisier qui mettait en valeur sa silhouette sans trop la souligner. Châle jeté sur les épaules, qui évoquait une élégante armure féminine. Comme à l'ordinaire, ses cheveux étaient attachés en un chignon impeccable – une coiffure qui lui plaisait beaucoup plus qu'il ne le voudrait. Comme lui plaisaient l'intelligence et la force qui émanaient de sa personne.

De toute évidence, le travail en entreprise l'épanouissait. Orion eut un pincement au cœur. Dommage qu'elle soit obligée de renoncer à cette vie. Mais pourquoi la plaindrait-il ? songea-t-il aussitôt. C'était la fille d'un maître-chanteur, qui participait sans scrupule au chantage exercé par son père. Pourquoi avait-il tendance à l'oublier ?

— J'ai accepté de vous épouser, dit-elle en croisant les bras et en le foudroyant du regard. Je n'ai pas accepté d'être harcelée par votre personnel. Ni d'être renvoyée de mon travail. Et encore moins d'être traquée jour et nuit par des meutes de paparazzis, d'ailleurs.

— Que vous imaginiez-vous en acceptant d'épouser un roi ? Pensiez-vous vraiment que la reine d'Idylla travaillerait en entreprise ? Qu'elle pointerait tous les jours de la semaine et se reposerait le week-end ?

Elle le regarda d'un air effaré qui lui rappela son attaque de panique le soir de leur premier bal.

— Expliquez-moi comment ça fonctionnerait, poursuivit-il. Vos collègues rentreraient chez eux comme d'habitude, tandis que vous vous iriez au palais ?

— Mais…

— Il est évident que ce n'est pas possible. Calista, je pense que vous n'avez pas vraiment réfléchi à tout ça.

C'est dommage, et je suis sincèrement navré pour vous, mais je crains que ça ne change rien à votre situation.

— Ça ressemble à une menace.

— Seulement si vous voulez le prendre ainsi.

Il mourait d'envie de la toucher. De caresser sa joue... Par quel miracle parvenait-il à résister à la tentation ? Mais surtout, comment avait-il réussi à se convaincre qu'il venait ici pour régler le problème signalé par Griffin, alors qu'en réalité il avait juste saisi cette occasion de la voir ?

— Je préférerais que mon père n'ait jamais...

Elle eut la sagesse de ne pas terminer cette phrase.

— Moi aussi je le préférerais, dit-il.

Mais il dut aussitôt se rendre à l'évidence. En réalité, ce n'était plus aussi vrai qu'au début. Plus aussi vrai qu'il le faudrait... Pourquoi ? Il faudrait se poser sérieusement la question. Mais les yeux de Calista étaient de la même couleur que la mer en été, et il était beaucoup plus faible qu'il ne l'avait jamais imaginé.

— Cependant nous sommes obligés d'accepter la situation, bon gré, mal gré. Et je vais organiser votre déménagement au palais, là où est votre place. Aujourd'hui.

6.

— Je ne comprends pas quel est ton problème, déclara Melody, la sœur cadette de Calista, avec son esprit positif habituel. Non seulement j'adorerais vivre dans un palais, mais je serais aussi ravie d'être loin de notre père.

Les bagages de Calista étaient pratiquement terminés. Sa mère avait supervisé l'opération, afin de pouvoir rejeter toutes les affaires qu'elle ne considérait pas comme appropriées pour la prochaine reine d'Idylla. Calista l'avait laissée faire. Il était inutile de discuter avec Appollonia quand elle était en « mode royaliste », comme disait Melody.

Elle décida néanmoins de glisser subrepticement quelques-uns de ses livres favoris dans une serviette. Tout en continuant de maugréer contre son destin. Comme toujours, Melody ne manifestait aucune compassion. Elle était assise dans son fauteuil préféré, devant le grand feu dont Calista veillait personnellement à ce qu'il soit allumé chaque jour. Leurs parents ne venaient jamais dans la bibliothèque. Aristotle et Appollonia Skyros n'avaient pas le temps de lire. Ils étaient trop occupés à nuire à des tas de gens et à vénérer la monarchie.

Ils avaient une bibliothèque parce que c'était une pièce incontournable dans toutes les grandes maisons d'Idylla. Calista et Melody en avaient fait leur refuge depuis des années. Elles y avaient souvent partagé leurs rêves de départ. Pour fuir cette maison. Fuir leur père. Vivre enfin comme bon leur semblait.

Mais à présent qu'elle était sur le point de partir, Calista se sentait vide. Il était vrai que les circonstances de son départ n'avaient rien à voir avec ses rêves…

— Je ne te comprends vraiment pas, insista Melody. J'aimerais être reine. Qui n'en aurait pas envie ? Notre mère ne parle que des robes et des bijoux, mais moi je pense que c'est le pouvoir qui me plairait.

— La reine d'Idylla ne gouverne pas.

Calista referma la main sur la bague que le roi Orion lui avait passée lui-même et qu'elle aurait dû arracher aussitôt de son doigt pour la lui jeter à la figure. Dire qu'elle ne l'avait pas encore enlevée une seule fois…

— L'épouse du roi a quand même plus de pouvoir que nous, insista Melody. Moi, j'aurais accepté avec joie.

Elle n'ajouta pas : « Mais on ne me l'a pas proposé. » Elle n'avait pas besoin de le préciser. Depuis toujours leur père traitait sa fille cadette comme si elle était née aveugle uniquement pour le contrarier.

— Tu devrais venir avec moi, dit Calista d'un ton ferme. Ça ne me plaît pas de te laisser ici. Tu sais aussi bien que moi quels sont les risques. C'est déjà assez pénible avec les assistantes qu'il engage pour te malmener.

Comme elle s'y attendait, Melody haussa les épaules.

— De nous deux, c'est moi qui accepte le mieux mon sort. Et mes perspectives d'avenir, pour ce qu'elles valent. Tu ne comprends pas qu'être ignorée et sous-estimée donne une certaine liberté.

— Tu ne devrais pas accepter d'être sous-estimée. Tu ne devrais pas non plus être coincée ici, où tu vis sous la menace permanente d'être envoyée dans une institution.

— Tu es bien allée à l'université, dit Melody en souriant. Quelle est la différence, si on y réfléchit ?

Calista mit son recueil favori de Jane Austen dans sa serviette, qui pesait déjà très lourd. Il était inutile de discuter avec Melody quand elle était dans cet état d'esprit. Sa sœur serait la dernière personne au monde à se considérer comme une victime, et rien ne pourrait la faire changer d'avis. Malgré tout, Calista avait du mal à supporter l'idée que sa sœur allait rester seule dans cette maison avec leurs parents et les assistantes aux manières brusques que leur père lui imposait pour l'« aider ». Tout en évoquant régulièrement la possibilité de l'envoyer dans une institution « pour qu'elle puisse se réaliser pleinement », disait-il. En réalité il fallait comprendre : « pour que son existence cesse de m'empoisonner la vie et de me faire honte ».

Calista sentit son cœur se serrer. Il fallait à tout prix éviter qu'ils mettent cette menace à exécution. Parce que, même si Melody prétendait le contraire, la vie dans une institution pour jeunes aveugles n'aurait rien à voir avec celle qu'elle-même avait menée pendant trois ans quand elle étudiait à Paris. Comme si elle lisait dans ses pensées, Melody se leva de son fauteuil, rejoignit Calista et la prit par les épaules d'un geste ferme qui la rasséréna un peu. Sa sœur n'était pas une petite chose fragile. Elle était plus forte qu'elle ne le laissait paraître.

— Vas-y, dit Melody, d'un ton apaisant mais ferme. Tu pourrais même essayer de t'amuser un peu, pour changer.

Calista expira longuement. Pas question de se laisser submerger par l'émotion. Et de toute façon, pourquoi serait-elle émue ? Il n'y avait aucune raison. Ces fiançailles n'étaient qu'une comédie, et son mariage ne serait pas plus réel. Elle siégeait toujours au conseil d'administration de Skyros Media. Son plan était toujours en cours d'exécution, qu'elle aille au bureau ou non. Sa revanche – et la liberté de Melody – était à portée de main.

— M'amuser ?

Elle émit un rire forcé.

— Tu sais où je vais, n'est-ce pas ? J'ai été chassée de mon travail, et à présent il faut que je joue les princesses décoratives. Il y a de grandes chances pour que je meure, Melody. D'ennui et d'inactivité.

— Tu n'as pas cessé de travailler avec acharnement, jour et nuit depuis tes dix-huit ans. Apprendre le rôle de reine ne doit pas être si ennuyeux. Et de toute façon, c'est certainement plus amusant que de passer ta vie à chercher des moyens de nuire à notre père.

— Je ne veux pas lui nuire. Je veux le détruire.

Melody sourit.

— Tu y parviendras. Mais je ne vois pas pourquoi tu n'explorerais pas toutes les voies qui s'ouvrent à toi. Au lieu de te contenter de celle que tu as choisie quand tu pensais que c'était la seule possible.

Il fallait reconnaître que c'était une idée séduisante, songea Calista. Confier ses problèmes au roi, qui était sans doute la seule personne à pouvoir l'aider… Sauf que son père tenait aussi le roi en son pouvoir. Son père était le poison qui gâchait tout.

Tu pourrais quand même essayer… Calista s'empressa d'ignorer la lueur d'espoir qui venait de lui apparaître. S'écartant de sa sœur elle rajouta encore quelques livres dans sa serviette, puis déclara :

— Ce mariage absurde n'est qu'une manœuvre de diversion. Ce n'est pas une nouvelle voie.

Melody soupira.

— Voyons, Calista, l'épouse du roi a plus de pouvoir

qu'une vice-présidente d'une crapule. Si j'étais toi, j'arrêterais de considérer le palais comme un obstacle pour le voir comme une chance.

Quelques heures plus tard, la voiture envoyée par le roi pour la conduire au palais arriva. Pendant que le chauffeur chargeait ses dernières affaires dans le coffre, son père la prit à part.

— N'oublie pas ce que tu as à faire. Il faut que tu trouves des informations que nous puissions utiliser contre le roi. Ne te laisse pas étourdir par cette bague tape-à-l'œil qu'il t'a donnée. Ce n'est que de la poudre aux yeux.

Calista se remémora la visite d'Orion dans les bureaux de Skyros Media. Il avait surgi dans le couloir et foncé sur son père comme s'il n'avait qu'une idée en tête. Le mettre K-O. Et quand il avait vu la marque de la gifle sur sa joue, la fureur avait déformé ses traits. Peut-être pouvait-elle vraiment lui demander de l'aider. Peut-être était-il vraiment en mesure de le faire…

— De quoi parles-tu ? rétorqua-t-elle. Je vais me marier avec lui parce que c'est ta volonté. Je vais épouser un parfait inconnu parce que c'est le roi. Je croyais que c'était tout ce que tu voulais.

— Ce que je veux c'est avoir un moyen de pression sur le palais. Avec le roi Max ça ne manquait pas. Avec Orion ça s'annonce plus compliqué. Mais tu trouveras quelque chose. Tu chercheras sans relâche jusqu'à ce que tu trouves. Tu as compris ? Parce que si tu échoues, ce n'est pas toi qui en subiras les conséquences. C'est ta sœur. Je l'enverrai dans une institution.

Calista fut prise de vertige. Son père utilisait cette menace depuis des années, mais il ne l'avait jamais fait avec une franchise aussi brutale.

— Tu ne parles pas sérieusement, ne put-elle s'empêcher de protester tout en sachant que c'était une erreur.

— Je la ferai interner. Sa seule utilité c'est le pouvoir qu'elle me donne sur toi. Et, crois-moi, j'ai bien l'intention de m'en servir.

Prise de nausée, elle inspira profondément en luttant contre la panique. Inutile de discuter. Ça ne servirait à rien. Avec son père, discuter n'avait jamais servi à rien. Mais comment l'empêcher de mettre sa menace à exécution ? Comment trouver un moyen de pression contre un homme comme Orion ? Si droit, si bon… Mais il ne pourrait pas l'aider. Personne ne pouvait l'aider.

À son arrivée au palais elle fut accueillie avec déférence par un majordome compassé, puis d'autres membres du personnel la conduisirent jusqu'aux appartements qui lui avaient été attribués dans l'aile du palais réservée à la famille royale.

Une fois seule, elle s'assit dans un des salons, le cœur lourd. Jamais elle n'avait vu un décor aussi raffiné. Et jamais elle ne s'était sentie aussi seule. Malheureusement, il n'y avait aucune raison pour que ça change un jour. Parce que le mariage qui l'attendait ne serait qu'un simulacre. Et qu'en plus elle était chargée de trouver des informations compromettantes sur le roi afin que son père puisse continuer à exercer son influence nocive. Ou du moins lui donner l'illusion qu'elle essayait de le faire, jusqu'à ce qu'elle prenne le contrôle de son entreprise. Ce qui risquait d'être plus difficile que prévu si elle restait enfermée dans le palais…

Elle s'essuya les joues d'un geste rageur, furieuse d'avoir laissé couler quelques larmes. Depuis quand s'apitoyait-elle sur son sort ? Elle se rendit dans la salle de bains pour se rafraîchir le visage. Un peu rassérénée, elle sortit dans le couloir pour regagner le salon et se retrouva face à trois hommes qui semblaient l'attendre de pied ferme.

— Mon Dieu, dit-elle à mi-voix. Aurais-je déjà provoqué le mécontentement de la garde du palais ?

— Les gardes du palais sont armés, Madame, répondit l'homme du milieu, qui avait une moustache drue. Nous sommes les secrétaires particuliers de Sa Majesté.

— Merci, mais je n'ai pas de courrier à dicter pour l'instant.

Les trois hommes parvinrent à avoir l'air horrifié tout en restant imperturbables.

— Nous sommes ici pour votre formation, Lady Calista, rectifia le moustachu. Vous allez épouser Sa Majesté dans quelques semaines. Et sauf erreur de ma part vous savez très peu de choses de la vie au palais, de l'étiquette et des responsabilités qui seront les vôtres en tant que reine.

— La description du poste qui m'a été fournie était très claire, rétorqua-t-elle en dardant sur lui un regard noir. Mes responsabilités se résument à donner un héritier au royaume. Or, que je sache, pour faire un héritier – même un héritier du trône – il n'est pas nécessaire de suivre une formation.

Le moustachu se contenta de sourire. Avec une condescendance horripilante.

Si bien qu'une semaine plus tard elle se surprit à se réjouir de la tenue du premier bal de décembre. Elle en avait tellement assez d'être harcelée par la Triade de la Formation, que pour lui échapper elle s'accorda beaucoup plus de temps que nécessaire pour se préparer. Et elle s'en félicita. Parce qu'elle découvrit avec délectation que le palais disposait d'installations dignes d'un spa – un rêve qu'elle n'avait encore jamais pu réaliser – et d'une équipe d'esthéticiennes entièrement dévouées à la future reine. Après une série de soins divers, elle eut droit à un long massage qui dénoua toutes ses tensions et lui donna le sentiment d'être en apesanteur. Suivirent des séances de coiffure, de manucure, et de maquillage, au résultat spectaculaire. Elle eut même de l'aide pour enfiler sa robe somptueuse dans laquelle elle ressemblait à une héroïne de Disney.

Elle en éprouvait presque un sentiment de sécurité et de bien-être. Mieux encore, elle pouvait presque imaginer que tout cela était réel.

Presque.

À présent, elle attendait Orion dans son salon privé. Le même que lors de leurs rencontres précédentes. Mais cette fois, elle n'avait pas eu à traverser la ville en voiture. Elle avait juste emprunté quelques couloirs. Et même si le palais était immense et comportait plusieurs ailes, le fait qu'ils vivaient à présent sous le même toit avait quelque chose d'excitant.

Allons, ne sois pas ridicule.

Quand Orion entra dans la pièce leurs regards se rencontrèrent aussitôt. Et restèrent plongés l'un dans l'autre. Parcourue de longs frissons, elle s'efforça de se ressaisir. Il fallait absolument qu'elle se rappelle tout ce qu'elle avait contre ce mariage. Parce que sinon elle risquait de se perdre dans ces yeux noisette.

— J'ai appris que vous faisiez des progrès, finit-il par dire après un silence interminable.

Cette réflexion la hérissa et dissipa du même coup son trouble.

— Vraiment ? J'ignorais que j'étais soumise à une évaluation comme une collégienne. J'ai un bulletin de notes ? Et on vous l'a transmis ? C'est un privilège que je n'ai pas eu.

Il ne se laissa pas entraîner dans une querelle. Il les esquivait systématiquement.

— Je suis sûr que mes secrétaires vous ont expliqué que vous aviez un programme très chargé pour le peu de temps dont vous disposez, Calista. Et vous deviez bien vous douter qu'ils me tiendraient au courant de l'évolution de la formation, non ?

Elle serra les dents. Il était exaspérant avec sa logique implacable. Ne lui arrivait-il donc jamais de perdre son calme ? Elle releva le menton.

— Non. Je ne m'étais pas posé la question.

Plutôt mourir que d'avouer à Orion son intérêt pour certains aspects de la formation. La position d'élève lui pesait, mais elle avait été agréablement surprise en découvrant l'étendue des responsabilités de la reine. Si elle avait l'intention de rester mariée à Orion, elle trouverait très réjouissante la perspective de jouer ce rôle. Exercer son influence sur les ministres sans en donner l'impression. Dissimuler des manœuvres politiques derrière un sourire aimable. Oui tout cela lui plairait beaucoup.

Mais pas question de l'admettre.

— Je ne me doutais pas non plus que j'apprendrais des choses aussi fascinantes, Votre Majesté. J'ai eu plusieurs cours sur le cérémonial des dîners officiels, par exemple. Il est apparemment de la plus haute importance que j'acquière une bonne connaissance du langage des fleurs, même si je n'ai pas du tout la main verte. J'ai été obligée d'exécuter toutes les formes possibles de révérence, au cours de séances d'entraînement aussi rigoureuses que celles d'un sportif de haut niveau. J'ai passé un nombre incalculable d'heures à étudier où, quand, et devant qui je devais incliner la tête ou non. Oui, vraiment, tout cela est passionnant, conclut-elle d'un ton sarcastique.

— Tout ne peut pas être aussi excitant que de fouiller dans l'intimité des gens dans le but de détruire leur vie. Une période d'adaptation sera sans nul doute nécessaire.

La mâchoire d'Orion était crispée. Était-ce un effet de son imagination ou bien était-il réellement un peu moins imperturbable qu'à son habitude ? Il semblait presque… irrité.

— Quelque chose ne va pas ?

Elle se mordit la langue. Que lui avait-il pris de lui poser cette question ? Elle n'était pas censée remarquer ses changements d'humeur. Et encore moins s'en inquiéter.

— Rien de plus que d'habitude, répondit-il. Par moments, gouverner un pays est une tâche impossible. Il faut se contenter de se contrôler soi-même en espérant que le pays suivra. Un jour ou l'autre.

— La maîtrise de soi est appréciable, certes. Cependant, je ne suis pas sûre que ça dispense de respecter les droits de l'homme les plus élémentaires.

— Les droits de l'homme ?

Pour une fois il eut l'air ébahi.

— Les droits de l'homme auraient été violés à Idylla ? Sans que j'en sois conscient ?

— Peut-être pas à grande échelle… Mais j'avoue que je m'inquiète pour mes propres droits, en ce moment.

— Oui.

Il fit une pause, l'étudia avec une attention exagérée, puis ajouta d'un ton moqueur :

— Je vois que vous souffrez beaucoup.

— Épargnez-moi vos sarcasmes ! Vous ignorez ce que c'est de devoir changer ses projets du jour au lendemain.

— Calista…

Il secoua la tête d'un air navré.

— Vous croyez vraiment que je suis susceptible de prêter une oreille compatissante à qui me fait chanter ?

— Ce n'est pas moi qui vous fais chanter.

— Vous êtes l'instrument de mon maître chanteur. C'est pire.

Les yeux d'Orion brillaient d'un éclat étrange qui déclenchait en elle des sensations… intenses et perturbantes. Beaucoup moins confortables que la colère.

— Depuis que vous vivez sous mon toit, je reçois des rapports quotidiens sur les problèmes que vous posez à mon personnel. Ce qui ne me surprend pas, étant donné l'insolence dont vous faites preuve à mon égard. Mais peu importe, ça ne change rien. Je vous épouserai quoi qu'il arrive. La veille de Noël. Même si je ne vous ai pas choisie et si ces fiançailles m'ont été imposées sous la menace. Alors pensez-vous toujours que j'ignore ce que c'est de devoir changer ses projets du jour au lendemain ?

Elle cilla.

— D'accord. Je reconnais que vous le savez également.

À sa grande surprise, il sourit.

— C'est vous qui avez décidé que nous devions être ennemis, Calista.

Elle ne sut pas quoi répondre. Elle ne savait plus non plus quoi faire de ses mains. Ni comment se tenir. Elle se sentait… gauche et embarrassée.

— Vos parents s'entendaient-ils bien ? demanda-t-elle pour rompre le silence qui menaçait de se prolonger.

Devant l'air interdit d'Orion, elle sentit ses joues s'enflammer.

— Je ne parlais pas de la fin de leur mariage. Tout le monde sait… à quel point votre mère était devenue triste, bien sûr. Mais au début c'était sans doute différent.

Elle déglutit péniblement. Que lui avait-il pris d'évoquer la mort de la reine ? Due à un accident selon la version officielle, alors que la thèse du suicide ne faisait de doute pour personne.

Orion se dirigea vers le buffet et se servit un verre.

— Quelle est votre question, exactement ?

— D'après ce que j'ai appris au cours de ma formation, votre mère avait reçu l'éducation propre à une future reine.

Les mains croisées devant elle et le dos droit, Calista était de plus en plus embarrassée. Mais à présent qu'elle avait abordé le sujet, que faire sinon poursuivre ?

— Son mariage avec votre père était prévu depuis le jour de sa naissance. Elle n'a pas été éduquée seulement pour devenir reine d'Idylla, mais pour devenir reine auprès de votre père. Elle a appris à connaître ses goûts, ses forces, ses faiblesses… Les autres filles étudiaient l'histoire, mais votre mère étudiait votre père.

— En effet.

— Eh bien ? Est-ce que ça a fonctionné ?

Orion vida son verre d'un trait.

— Dans une certaine mesure, oui.

À en juger par son air sombre, mieux valait s'abstenir de lui poser toutes les questions qui lui brûlaient les lèvres, décida Calista. Contenant son impatience, elle attendit. Un long moment.

— Du vivant de mon grand-père mes parents s'entendaient bien. Ce n'était pas un mariage d'amour, mais il n'avait jamais été question que ça en soit un. Ma mère a mis rapidement au monde l'héritier et un fils cadet. Elle assumait toutes sortes de responsabilités. Et elle prenait soin de cultiver une image de femme à la fois très distinguée et accessible. Mais à la mort de mon grand-père, mon père est devenu roi.

— Le poids des responsabilités…

— Non, le poids de l'ego. C'est attesté par de nombreux documents. Mon père n'était absolument pas fait pour être roi. Il s'entourait de courtisans flagorneurs qui ne lui disaient que ce qu'il avait envie d'entendre. Il avait déjà assuré sa descendance, alors pourquoi ne pas se faire plaisir ? Il a commencé à donner de grandes réceptions. À négliger ses responsabilités. Et ma mère, formée dès son plus jeune âge à penser d'abord et avant tout à mon père, le suivait dans tous ses délires. Comment aurait-elle pu faire autrement ?

— Elle était adulte, fit valoir Calista avec circonspection. Et c'était la reine. Avec ses propres courtisans et conseillers. Du moins c'est ce qu'on m'a appris.

— Si vous connaissez l'histoire, pourquoi m'interroger ?

— Je veux savoir comment vous envisagez le rôle de reine que je dois assumer dans quelques semaines.

Elle releva le menton. Pourquoi l'air sévère d'Orion lui donnait-il envie de prendre des initiatives dangereuses ? Comme s'approcher de lui. Ou, pis encore, le toucher…

— C'est ce qui compte avant tout, n'est-ce pas ? Ce que *vous* attendez d'une reine.

L'atmosphère se chargea d'électricité. Orion posa son verre sur le buffet, puis s'avança vers elle. Elle ne bougea pas. Les mains d'Orion se refermèrent sur ses épaules, et il l'attira vers lui. Pourquoi le laissait-elle faire ? Pourquoi n'avait-elle pas la moindre envie de résister ? se demanda-t-elle, furieuse contre elle-même.

— Je vous ai déjà dit ce que j'attends, gronda-t-il.

— Que nous couchions ensemble, lança-t-elle d'un ton provocateur.

Le défier n'était-il pas le meilleur moyen d'élever un

mur entre eux ? Elle avait besoin d'un mur. De *quelque chose* entre eux.

— C'est ce que vous voulez depuis le début. Mais vous êtes le roi. Vous pouvez coucher avec qui vous voulez, quand vous voulez. Il vous suffit de claquer des doigts. Vous n'êtes pas obligé de vous marier pour ça.

Les pouces d'Orion caressaient la peau de Calista à la base de son cou, allumant un feu dans tout son corps.

— Je pourrais claquer des doigts, en effet. Et je me retrouverais aussitôt à la une des tabloïds, héros de scandales qui sèmeraient le chaos dans le royaume. Je préfère que ma vie privée reste privée. Et que les scandales restent dans le passé.

Les flammes qui dansaient dans le corps de Calista étaient de plus en plus grandes, de plus en plus vigoureuses. Elle mourait d'envie de se blottir contre Orion. Il refermerait les bras sur elle et la serrerait très fort. Elle en était sûre… Elle pensa à sa mère, élevée depuis le berceau pour soutenir le roi. Pour rester dans l'ombre au côté de son mari, même en pleine lumière. Une femme destinée dès sa naissance à porter des enfants et à sourire gracieusement sous le poids d'une couronne qui n'était pas la sienne.

Une évidence s'imposa alors à Calista. Si elle travaillait avec acharnement depuis des années en sacrifiant tout le reste, ce n'était pas seulement pour mettre sa sœur à l'abri de leurs parents, ni pour prendre enfin sa revanche sur son père. C'était aussi pour prouver de quoi elle était capable. Seule.

Elle n'avait jamais fait confiance à personne.

Elle ne se voyait pas commencer maintenant.

Tout s'était passé trop vite. Elle avait été chassée de Skyros Media puis aussitôt expédiée au palais. Où elle venait d'apprendre en une semaine comment devenir un soutien pour le roi. En l'espace de quelques jours, elle avait laissé son reflet s'effacer de son miroir sans même en avoir conscience.

— Je vous ai déjà dit que vous n'aviez pas besoin de prétextes pour coucher avec moi, Votre Majesté. Vous pourriez le faire maintenant, si vous le vouliez. Il vous suffit de le demander.

— Nous devons partir au bal, objecta-t-il d'une voix rauque.

Mais il ne la lâcha pas.

Et, quelques secondes plus tard, il s'empara de sa bouche.

7.

Il n'aurait pas dû la laisser l'aiguillonner. Il aurait dû se contrôler.

Oui, il avait manqué de sang-froid. Mais la bouche de Calista était si savoureuse, si chaude, si parfaite... Et elle lui rendait son baiser avec une telle ardeur... Comme dans ses rêves les plus torrides. Elle était le feu même et menaçait de le consumer tout entier. Comme si la tenir dans ses bras était une expérience à laquelle il ne pourrait pas survivre. Mais à cet instant la brûlure lui semblait agréable.

Il savait qu'ils avaient un programme à respecter. Leur voiture les attendait pour les conduire au bal. Et surtout, les gens qui avaient acheté des billets les attendaient sans doute déjà aussi. Les bals de Noël étaient des événements auquel son peuple était très attaché, qu'un mariage royal soit prévu ou non. Il les attendait avec impatience toute l'année, fier de cette tradition idyllienne qui permettait aux roturiers et à la famille royale de danser et de se divertir ensemble.

Son père avait commencé très tôt à délaisser les bals de Noël, ce qui n'avait pas surpris grand monde. Lui-même, en tant que prince héritier, n'en avait en revanche jamais manqué un seul.

Il était toujours là où il s'était engagé à être. Toujours

à l'heure et fin prêt. Si son planning indiquait qu'il arriverait à tel endroit à 18 h 37, il en foulait le sol à cette heure précise.

« C'est facile de vivre comme un moine quand on se préserve de toutes les tentations », lui avait dit Griffin des années auparavant. À l'époque il avait ignoré cette remarque. Il l'avait considérée comme une provocation de plus de la part de son frère.

Mais ce soir, Calista était dans ses bras et lui rendait son baiser. Impossible de ne pas se rendre à l'évidence. Jusque-là il n'avait jamais été mis à l'épreuve. Il n'avait jamais été soumis à la moindre tentation. Cette constatation aurait dû le consterner, mais ce n'était pas le cas. Parce qu'il était en train d'embrasser Calista et que rien d'autre n'avait d'importance.

Il l'embrassait comme un fou. Il l'embrassait comme si elle seule pouvait étancher la soif qui le dévorait. Il l'embrassait avec de plus en plus d'ardeur. Il brûlait d'envie de la renverser sur la surface plane la plus proche et d'assouvir enfin réellement son désir.

Il brûlait d'envie d'assouvir son désir.

Comme son père. Il était comme son père. Aussi faible que lui.

Cette pensée fit à Orion l'effet d'une douche froide. Il repoussa Calista d'un geste vif. Le regard vague, les lèvres gonflées, elle semblait aussi hébétée que lui. Mais il n'en eut que très vaguement conscience. Il n'avait qu'une seule pensée en tête. Des années et des années à s'imposer une discipline rigoureuse, des années à éviter tout ce qui tentait les autres hommes parce qu'il voulait être irréprochable, parce qu'il voulait être digne de la couronne qu'il portait aujourd'hui… Tout ça pour en arriver là.

Une vie entière de self-control, et il avait suffi d'une seule femme pour le faire chuter. Il en rirait presque... même si ça n'avait rien d'amusant.

— C'est pour ça que votre père vous a envoyée ici ? demanda-t-il d'un ton brusque. Pour me séduire ? Comme toutes les autres sirènes qu'on a mises sur mon chemin dans l'espoir de me piéger ?

Les yeux turquoise de Calista ne quittaient pas les siens. Mais son regard était déchirant. C'était le même que celui qu'elle avait dans le couloir de Skyros Media, juste après la gifle de son père. Pas étonnant. À l'instant, il venait de la gifler à son tour, avec des mots.

Avait-il besoin d'autres preuves ? Non, bien sûr. Il était évident qu'à la moindre provocation, à la moindre tentation, il devenait comme son père. Orion pensa à sa mère, ce qu'il préférait éviter d'ordinaire, sauf pour évoquer les quelques rares souvenirs joyeux qui remontaient à sa petite enfance. Pour une fois, il se remémora les dernières années. L'époque où un seul coup d'œil du roi Max suffisait à la faire fondre en larmes. À force de la voir sangloter et gémir devant leur père, Griffin et lui avaient été obligés d'intervenir pour la protéger.

Tout au fond de lui, Orion gardait enfouie une honte secrète. Il avait fini par s'impatienter contre elle. Sa propre mère. « Tu ne peux pas pleurer devant lui ! lui avait-il lancé un jour avec exaspération. Tu ne peux pas t'humilier en lui montrant qu'il t'a blessée. » Mais ces crises de larmes étaient devenues encore plus fréquentes.

Cette fois, il n'allait pas s'emporter. Quoi qu'il arrive. Ce n'était pas la faute de Calista s'il était attiré par elle à ce point. Il attendit qu'elle manifeste son désarroi. Quelle que soit sa réaction, il se montrerait compréhensif. Si elle pleurait, il la réconforterait. Il ferait tout ce qui était en son pouvoir pour…

Elle s'esclaffa.

Puis, les poings sur les hanches, elle lui lança un regard noir. Mieux valait ça que des sanglots et des gémissements, se dit-il. Même si ce n'était pas particulièrement agréable. C'était juste préférable à une crise de larmes.

— Vous séduire ? Comme une sirène ? Vous plaisantez ?

— Votre père aurait pu exercer son chantage pour exiger toutes sortes de choses. Il a choisi de m'obliger à vous épouser. N'est-il pas logique d'imaginer une entreprise de séduction destinée à me piéger ?

— Pour commencer, je vous ferai remarquer que me comparer à une sirène est grotesque. Qui aurait pu imaginer que le roi d'Idylla serait attiré par une femme d'affaires impertinente, qui préfère son travail à l'étiquette de la cour et qui ne s'en est jamais caché ? Drôle de chant pour une sirène… Je ne sais pas exactement ce que ça révèle de vous, Orion. Mais je ne pense pas que ce soit très positif.

Le pouls d'Orion s'accéléra. Il avait envie de l'embrasser encore. De la déshabiller et de goûter chaque parcelle de sa peau jusqu'à ce qu'elle fonde sous ses lèvres. De ne faire plus qu'un avec elle au cœur du même brasier.

Son désir était si intense qu'il en devenait douloureux.

Mais la douleur était une bonne chose. Elle était comme une haire portée par pénitence, pour reprendre l'image du moine qu'utilisait si volontiers son frère. Elle lui rappelait sa faiblesse. Et elle l'incitait à la surmonter. À retrouver son sang-froid.

— Nous avons un bal au programme de ce soir, déclara- t-il en se félicitant de son ton neutre.

Quelle satisfaction de réussir à paraître aussi calme…

C'était d'autant plus réjouissant que ça hérissait visiblement Calista.

— Je ne dis pas ça pour vous empêcher de m'accabler de sarcasmes. Vous pouvez vous en donner à cœur joie si vous le souhaitez. Il faudra juste le faire dans la voiture.

Il lui fit signe de passer devant lui pour quitter la pièce. Allait-elle regimber ? Il attendit, tandis qu'elle le foudroyait du regard, les poings crispés. Pourquoi avait-il envie qu'elle se jette sur lui pour le frapper ? Parce que ce serait un excellent prétexte pour poser les mains sur elle ?

Elle releva le menton, souleva légèrement sa robe pour pouvoir mieux marcher et quitta la pièce d'un pas vif. Lorsqu'ils furent assis côte à côte sur la banquette de la limousine, la tension devint un peu trop palpable au goût d'Orion. Il consulta son portable et passa des appels qui auraient pu attendre. Pendant ce temps, Calista rectifia ostensiblement sa coiffure et son maquillage. C'était comme si elle remettait en place les barreaux qui les séparaient. Pour les enfermer chacun dans leur prison d'origine.

Pourquoi en était-il contrarié ? Il devrait plutôt s'en réjouir.

La soirée avait pour cadre le jardin botanique royal, parsemé de radiateurs portables destinés à limiter la fraîcheur relative de cette première semaine de décembre. Les arbres étaient décorés de guirlandes lumineuses, qui éclairaient les allées tout en évoquant pour de nombreux invités l'arbre de Noël familial et les traditions propres à chaque foyer.

Orion n'avait rien connu de tel. Des arbres chargés de décorations scintillantes répartis dans différentes salles du palais, si, bien sûr. Mais pour ce qui était des traditions familiales… Elles se réduisaient à un impératif unique : se faire oublier pendant que le roi Max tempêtait une bonne partie de la soirée avant de s'écrouler, ivre mort.

Il circula longuement parmi la foule en faisant de son mieux pour afficher une joie digne de Noël. Quand l'orchestre commença à jouer la première valse, il accomplit son devoir de roi et par conséquent d'invité d'honneur. Malgré une furieuse envie de s'esquiver, il se résigna à prendre Calista dans ses bras.

Pendant quelques instants ils dansèrent en silence. Pendant quelques instants seulement.

— C'est vraiment pousser trop loin le martyre, déclara-t-elle sans oublier d'arborer un sourire joyeux comme l'exigeait son rôle.

— Je ne comprends pas ce que vous voulez dire.

— Mais si.

Son sourire s'élargit.

— Assumer vos responsabilités au palais avec un dévouement sans bornes, c'est une chose. Mais de là à vous immoler sur l'autel de votre propre suffisance, *en public…*

Il l'examina longuement. Peut-être la serrait-il un peu trop étroitement. Mais l'assistance devrait s'y faire. Il était le roi, après tout.

— Je répète : je ne comprends pas ce que vous voulez dire.

Une lueur de défi s'alluma dans les yeux turquoise de Calista.

— Vraiment ? Je croyais que vous vous targuiez d'être un homme rationnel. Un roi raisonnable après les années sombres du règne de votre père. C'est pathétique de si mal vous connaître vous-même.

— Peut-être serait-il judicieux de vérifier, pour

commencer, si vous vous connaissez bien vous-même, rétorqua-t-il en proie à une douce euphorie.

Ces joutes verbales étaient presque aussi excitantes qu'un baiser…

— Pour autant que je sache, vous êtes au service de votre père. Vous vous pavanez dans votre costume de vice-présidente. Vous abreuvez de paroles quiconque est prêt à vous écouter vous vanter de votre importance. Mais au bout du compte, dès que votre père a eu l'occasion de vous vendre, il n'a pas hésité. Même un pion serait mieux traité.

— Et vous êtes bien placé pour savoir comment on est traité quand on est un pion, bien sûr.

— De qui suis-je le pion ?

— De mon père, pour commencer.

Le sourire de Calista devint narquois.

— Vous voyez, nous avons un point commun en fin de compte.

Mieux valait se taire jusqu'à la fin de la danse, décida-t-il. Parce qu'il n'était pas du tout certain de pouvoir garder son sang-froid. Et il n'était même pas en train de l'embrasser… Cette idée était si effarante que lorsque la valse se termina, il s'écarta de Calista, inclina la tête avec raideur et quitta la piste. Mieux valait laisser sa fiancée en plan sur la piste de danse que de céder à… ces impulsions dangereuses liées à ce baiser dont le goût persistait dans sa bouche, bien plus puissant que celui de l'alcool le plus fort.

La soirée se poursuivit. Des nobles et des dignitaires s'empressèrent auprès de lui, comme toujours. Il posa pour des centaines de photos en s'efforçant de respirer le calme, la sérénité. Comme si sa seule présence était un dénouement heureux. Un dénouement que tout le pays avait attendu pendant longtemps.

Vers la fin de la soirée, conscient qu'il était impoli pour les invités de partir avant lui, il se mit à la recherche de Calista. La lumière scintillante des guirlandes créait par contraste avec les zones laissées dans l'ombre une atmosphère presque surnaturelle dans les allées sinueuses. Orion avançait d'un pas nonchalant, donnant l'impression qu'il se promenait au hasard. Pas question d'avoir l'air de chercher sa fiancée. Qui n'avait pas passé la soirée collée à lui pour asseoir son autorité de future reine, comme l'aurait fait n'importe quelle autre femme à sa place.

Il fallait reconnaître que son attitude était réjouissante. Elle n'avait rien à voir avec le genre d'héritière mondaine avec qui il aurait dû se marier en toute logique. Capable sous des dehors de douceur et d'amabilité de vous planter un poignard dans le dos. Calista, elle, l'attaquerait toujours de front. Oui, décidément, cette idée le réjouissait au plus haut point.

Au détour d'une allée bordée d'arbustes touffus, il la vit enfin. La lumière diffuse formait comme un halo autour d'elle. Orion resta cloué sur place.

Comme s'il n'avait jamais vu de femme auparavant.

Son cœur sembla exploser dans sa poitrine, et il crut qu'il était victime d'un arrêt cardiaque comme son père, qui n'avait pas survécu. Mais au bout de quelques secondes il était toujours debout. Et il respirait à peu près normalement.

Il lui fallut plus longtemps pour prendre conscience qu'elle n'était pas seule. Elle était en compagnie de son père, dans ce coin isolé du jardin. Les bras croisés, elle plissait le front. S'il ne se trompait pas, son père était en train de la menacer. Cet air mauvais qui déformait le visage de Skyros, il le reconnaissait.

— Par n'importe quel moyen, dit Skyros avec une irritation manifeste. Tu as compris ?

— Parfaitement, répliqua-t-elle d'un ton froid.

Le mieux était de rester dans l'ombre pour observer la scène sans être vu. À peine Orion avait-il pris cette décision que Skyros tendit la main comme pour agripper le bras de Calista. Impossible de le laisser faire.

— Attention, Skyros. Je crois qu'on a déjà discuté de ça.

Le père et la fille tressaillirent et se retournèrent, bouches bées. Calista un air vaguement coupable, mais c'était un détail. Ce qui comptait c'était que Skyros avait laissé retomber sa main.

— C'est votre habitude de surgir au moment et à l'endroit où on s'y attend le moins, n'est-ce pas ? grommela Skyros.

L'ignorant, il adressa un signe de tête à Calista.

— Il commence à se faire tard. Il est temps de rentrer au palais.

— En effet, acquiesça-t-elle en lançant à son père un coup d'œil qu'Orion préféra ignorer. Je n'ai pas envie que mon carrosse se transforme en citrouille.

Orion tendit la main, et elle s'avança vers lui. Jouait-elle les fiancées dociles parce que son père était là ? Impossible de le savoir. Il y avait beaucoup trop de choses qu'il ignorait au sujet de la femme qu'il devait épouser. Quand elle prit sa main, il fut tenté de croire qu'elle ne jouait pas la comédie.

Il fut tenté d'oublier qu'il ne l'avait pas choisie lui-même.

Il salua son père d'un bref signe de tête, puis emmena Calista. Il ne restait plus qu'à affronter l'épreuve interminable des adieux aux invités, et ils pourraient quitter le bal. Le temps qu'ils arrivent à la voiture, il s'était tellement habitué à sa main qu'il fut transpercé par un éclair de frustration quand elle la lui lâcha.

Quand la voiture démarra, l'atmosphère qui régnait à l'arrière n'avait plus rien à voir avec celle de l'aller. C'était comme si leurs deux cœurs battaient au même rythme. Orion avait une conscience aiguë du corps de Calista à côté du sien, Comme si elle se vautrait sur lui pour l'exciter. Alors qu'elle était assise à une bonne trentaine de centimètres de lui, immobile, les yeux fixés devant elle.

Il entendait sa respiration un peu trop rapide. Il sentait son parfum délicat, si subtil qu'il se demandait parfois s'il ne l'imaginait pas.

Lorsqu'ils arrivèrent au palais, il déclara d'une voix inhabituellement rauque et crispée :

— Je vous accompagne jusqu'à vos appartements.

— Que se passe-t-il ? demanda-t-elle d'un ton enjoué qui sonnait faux. Observons-nous tout à coup un protocole de rendez-vous galants ? Je ne sais pas si mon cœur tendre va le supporter.

Tandis qu'ils marchaient côte à côte dans le couloir, il sentait son pouls qui s'accélérait à chaque pas. Il préféra éluder sa question.

— Je ne vous demanderai pas pourquoi vous vous cachez dans des coins sombres pour faire des messes basses avec votre père, un homme reconnu par la couronne comme une menace.

— Je suis heureuse que vous ne me le demandiez pas, parce que de toute façon je ne vous répondrais pas. C'est mon père.

— Je ne vous demanderai pas non plus ce qu'il veut

que vous fassiez. Vous ne me le diriez pas davantage, je suppose.

— Quel esprit de déduction, bravo !

— Ça soulève malgré tout une question, Calista, dit-il alors qu'ils s'immobilisaient devant la porte de ses appartements. Lequel de nous deux est le plus grand martyr ?

Elle tressaillit, comme si cette question était une nouvelle gifle.

— Je suis le contraire d'une martyre, merci, répliqua-t-elle, les joues en feu.

— Pas de mon point de vue. N'avez-vous pas une sœur ? Quelle est sa place dans tout cela ?

À la grande surprise d'Orion, Calista lui donna un coup dans la poitrine.

— Ne parlez pas de ma sœur, lui intima-t-elle d'une voix vibrante d'émotion. Laissez-la en dehors de tout ça. Elle a suffisamment de problèmes, elle n'a pas besoin d'être mêlée aux intrigues de palais.

— Protégez-vous votre sœur parce qu'elle en a besoin ? Ou parce que vous aimez accumuler les sacrifices pour pouvoir vous en plaindre ensuite ?

Elle le frappa de nouveau. Loin d'être outragé par ce geste frisant le crime de lèse-majesté, il fut assailli par une bouffée d'euphorie. Calista le *touchait*. De son plein gré. C'était miraculeux.

— Enfermé dans votre palais, vous n'avez pas la moindre idée de ce qu'est la vie réelle, lança-t-elle avec feu. Vous ne connaissez pas la perte. Vous ne savez pas ce que c'est de travailler toute sa vie pour atteindre un objectif et d'être mise à la porte juste avant de l'atteindre.

— Dois-je vous rappeler que je suis contraint de vous épouser par un maître chanteur, bien que je sois le roi ?

— Je me suis battue toute ma vie. Chaque fois que

j'ai fait un sacrifice, ce n'était pas pour pouvoir jouer les martyres mais parce que c'était nécessaire. Vous n'êtes pas le seul à avoir grandi livré aux caprices d'un père terrible. Mais tout le monde n'est pas héritier de la couronne. Tout le monde ne vit pas dans un palace somptueux. Vous devriez essayer le monde réel de temps en temps.

— Lady Calista. Je vous en prie. Vous êtes la fille d'un milliardaire. Vous vivez dans un royaume insulaire que les poètes qualifient d'enchanté. De magique. Peut-être ne connaissez-vous pas davantage que moi le monde réel.

Calista expira longuement. Comme si elle se dégonflait sous ses yeux, songea Orion. Et elle semblait dans un état second… Elle leva la main, mais au lieu de le frapper une nouvelle fois, elle la posa sur son torse. Elle n'était peut-être pas tout à fait consciente de ce qu'elle faisait, mais lui, il ne sentait plus rien d'autre que cette main sur sa poitrine.

Leurs regards se rencontrèrent, et ils restèrent un long moment les yeux dans les yeux. Elle finit par rompre le silence.

— J'aimerais… J'aimerais pouvoir… Vous et moi…

Sa voix s'éteignit. Orion posa la main sur la sienne, l'emprisonnant contre son torse.

— Alors faites quelque chose pour ça, murmura-t-il.

Quel idiot ! Il n'aurait jamais dû dire ça. Son sang-froid ne tenait déjà plus qu'à un fil. Il fallait à tout prix qu'il prenne congé immédiatement. Et qu'il fasse ensuite comme si rien de ce qui s'était passé ce soir n'avait existé. Il fallait s'en aller, se ressaisir et se rappeler qui il était. Et surtout, qui il voulait être. Mais il ne bougea pas.

Ni quand elle sourit. Et encore moins quand elle se hissa sur la pointe des pieds pour l'embrasser.

8.

Calista embrassait Orion, et Orion lui répondait. Ce baiser ressemblait aux baisers de conte de fées, tels qu'elle les avait toujours imaginés. Il était doux. Délicieusement doux… Légèrement grisant…

La bouche d'Orion se fit plus vorace, et Calista sentit tout son corps s'embraser. Elle oublia tout. Tous les défis qu'elle avait lancés à Orion. Toutes les résolutions qu'elle avait prises. Plus rien n'existait. Une seule chose comptait. Que ce baiser ne s'arrête jamais.

Elle sentit soudain le mur derrière elle, puis le corps d'Orion contre le sien. Le feu qui la dévorait redoubla d'intensité, et elle referma les bras autour du cou d'Orion en lui répondant avec une ardeur renouvelée. Quand il la souleva de terre, elle noua les jambes autour de sa taille avec un gémissement d'approbation. Mais il y avait trop de tissu entre eux. Avec sa jupe volumineuse, sa robe était un vrai carcan.

Comme s'il lisait dans ses pensées, Orion interrompit son baiser et ouvrit la porte de ses appartements tout en la tenant contre lui avec la même aisance que si elle ne pesait pas plus qu'une plume. Être portée ainsi par un homme avait quelque chose d'exaltant. Pour la première fois de sa vie, elle se sentait féminine et incroyablement légère.

Il se dirigea tout droit vers la chambre et la déposa au pied du lit. Le feu qui avait été allumé dans la cheminée faisait danser des ombres dans la pièce baignée d'une lumière vacillante. À la vue du désir qui altérait les traits d'Orion, Calista fut parcourue de longs frissons.

— Orion…, murmura-t-elle sans savoir ce qu'elle voulait lui dire.

De toute façon, elle était en proie à une telle excitation qu'elle n'était pas certaine de pouvoir faire des phrases cohérentes.

— J'ai envie de toi, dit-il d'une voix rauque.

Il enfonça les doigts dans ses cheveux pour les débarrasser des épingles qui les retenaient, puis l'enveloppa d'un regard ébloui qui la bouleversa. Il s'empara de nouveau de sa bouche dans un baiser fougueux, et quand il l'interrompit, il la contempla encore comme s'il n'avait jamais vu une telle beauté. Le sourire qui étirait ses lèvres acheva de la transporter. Elle avait l'impression extraordinaire d'être illuminée de l'intérieur.

Ensuite, il la déshabilla.

En prenant tout son temps, comme si chaque parcelle de peau qu'il découvrait était un cadeau à savourer. De la base du cou jusqu'aux bouts des pieds, il explora son corps avec une lenteur qui la mit au supplice. Quand arriva le moment où il la débarrassa de sa culotte, elle était haletante. Quand il commença à déguster son sexe du bout de la langue, elle eut le souffle coupé. Quand il approfondit son exploration, elle tomba en arrière sur le lit avec un cri étranglé. Sa bouche se fit de plus en plus insistante tandis qu'elle creusait les reins et ondulait des hanches en gémissant. L'explosion de plaisir qui la secoua lui arracha des sanglots, et elle comprit mieux pourquoi les Français appelaient ça la « petite mort ». Petite ?

Orion se redressa et l'installa au milieu du lit avant de commencer à se déshabiller. Encore tout étourdie, le souffle court, elle se souleva sur les coudes pour mieux l'admirer. Habillé, le roi d'Idylla était beau. Nu, il était splendide. Une œuvre d'art, comme les statues réparties dans tout son palais. Mais une œuvre d'art vivante. Un corps musclé, à la peau chaude et soyeuse, qu'elle allait caresser, embrasser… Partout.

Et puis il y avait le regard qu'il promenait sur elle. Un regard brûlant aux vertus aphrodisiaques. Submergée par une vive chaleur, elle se mit à trembler. Il la rejoignit sur le lit, et elle murmura :

— J'ai envie de te toucher… De…

— La prochaine fois, la coupa-t-il d'une voix râpeuse.

Elle voulut protester, mais il captura sa bouche dans un baiser si passionné qu'elle en oublia ce qu'elle avait à lui dire. Puis il prit place entre ses cuisses, parcouru de tremblements, les yeux étincelants. Alors, il entra en elle. Et s'immobilisa, le regard plongé dans le sien. Rien dans le monde n'était plus authentique, plus réel que ce qui se passait entre eux à cet instant, songea-t-elle confusément. Peu importait quelles manœuvres tortueuses les avaient conduits là, dans ce lit. Peu importait ce que l'avenir leur réservait. Ici et maintenant ils étaient ensemble, seuls au monde, unis par un lien palpable. Et son désir pour lui était si fort qu'il en devenait presque insupportable.

— S'il te plaît, murmura-t-elle. S'il te plaît, Orion.

Avec un grognement étouffé, il s'enfonça au plus profond d'elle. Le plaisir déferla dans son corps avec une violence qui la suffoqua. Quand les vagues qui se succédaient finirent par perdre leur puissance, elle prit conscience qu'elle était cramponnée à Orion. Mais il n'avait pas bougé.

— Orion…

Le visage crispé, il semblait faire un effort surhumain pour se maîtriser. Comme si le moindre mouvement pouvait le briser. Elle n'eut plus qu'une envie. Le voir perdre contrôle. Le voir terrassé par le plaisir comme elle venait de l'être. Elle creusa les reins, et il laissa échapper un grognement.

Puis il se mit enfin en mouvement.

Mais avec trop de retenue à son goût. Elle voulait qu'il perde pied. Maintenant. Elle noua les jambes sur ses reins et l'entraîna dans une valse plus rapide. Lui mordillant le cou, elle accéléra encore le rythme. Et à sa grande joie, le roi Orion Augustus Pax perdit enfin contrôle. Il enfouit le visage dans le creux de son épaule et donna libre cours à sa passion. Les lèvres pressées contre sa peau, il l'emporta dans un tourbillon inexorable. Et les précipita tous les deux dans le gouffre de la jouissance. Ensemble.

Elle n'eut pas conscience de s'endormir, mais elle se réveilla dans les bras d'Orion et mit quelques secondes à comprendre qu'il la portait à travers la chambre. Jusqu'à la salle de bains, où il la déposa dans un bain moussant. Elle se laissa glisser dans l'eau chaude et parfumée, un sourire ravi aux lèvres. À quand remontait la dernière fois où quelqu'un avait pris soin d'elle ? Impossible de s'en souvenir.

Son sourire s'élargit quand Orion la rejoignit, s'installa derrière elle et la tint contre lui.

Les bras d'Orion autour d'elle, l'eau chaude, rien d'autre à faire que de savourer l'instant…

C'était une révolution.

Elle se laissa aller et se détendit, comme si rien de ce qui se passait en dehors de cette baignoire ne pouvait l'atteindre. Pas de manœuvres, pas d'objectifs, pas d'angoisses. Juste l'eau chaude, la mousse et Orion.

Elle poussa un petit soupir quand il lui prit la main pour toucher une fois de plus la bague qu'il lui avait mise au doigt. La bague des reines. On racontait qu'elle avait été créée par un souverain d'Idylla pour sa bien-aimée et qu'il s'était inspiré du ciel et de la mer afin qu'elle la porte toute sa vie en pensant à Idylla. À lui.

Pour la première fois depuis le début de ces fiançailles factices, Calista se surprit à imaginer ce que serait sa vie si elles étaient au contraire bien réelles. Si son seul projet était de devenir la reine d'Orion. Si tout le reste n'était qu'une peau dont elle se débarrasserait en se mariant avec lui, pour devenir le genre de femme susceptible de porter une bague comme celle-ci toute sa vie.

Mais bâtir des châteaux en Espagne n'avait jamais mené à rien, et elle ne connaîtrait jamais le destin de Cendrillon. Au lieu d'une bonne fée, elle avait un père malfaisant…

L'eau était encore chaude, mais Calista avait froid, tout à coup. Comment pouvait-elle rester là dans les bras de cet homme, à caresser des rêves inaccessibles ?

Ces fiançailles n'étaient qu'un simulacre. Un jeu. Et ce jeu, il fallait le gagner. Si elle perdait, ce serait Melody qui en payerait le prix. Chaque fois qu'elle se laissait aller à rêver, elle trahissait sa sœur. Il fallait à tout prix se ressaisir.

Calista ferma les yeux et se força à émettre un rire sarcastique. Dans son dos elle sentit Orion tressaillir, et son cœur se serra. Mais pas question de flancher. Parce que cet homme était son adversaire, pas son amant. Comment avait-elle pu l'oublier une seule seconde ?

— Je dois dire que je suis très surprise, Orion, déclara-t-elle en prenant son ton le plus désinvolte.

Elle se haït. Comment pouvait-elle gâcher ce moment magique ? Malheureusement, elle n'avait pas le choix.

— Comment as-tu réussi à empêcher tes maîtresses de faire des confidences aux tabloïds sur tes prouesses sexuelles ? Elles devaient pourtant mourir d'envie de raconter que tu es un amant exceptionnel et de se vanter d'avoir partagé ton lit, non ? Tu dois avoir un pouvoir magique pour obtenir leur silence à toutes.

Pour s'empêcher de fondre en larmes, elle émit de nouveau un rire sarcastique. Méchant.

Derrière elle, Orion se raidit. Bien sûr. Comment pourrait-il ne pas s'offusquer ? *Bravo ! tu as réussi ton coup*, se dit-elle avec amertume.

— Je tiens au respect de ma vie privée, répliqua-t-il d'un ton crispé. Il me semble te l'avoir déjà dit.

— Tout le monde ne réussit pas à préserver sa vie privée des indiscrétions. C'est sans doute même encore plus difficile quand on est roi.

— Il n'y a qu'une seule personne qui puisse parler de mes prouesses sexuelles, que ce soit aux tabloïds ou à quelqu'un d'autre, Calista. Je n'ai pas eu besoin d'avoir recours à la magie pour éviter les indiscrétions. Si j'ai réussi à garder secrets mes exploits c'est tout simplement… en n'en accomplissant aucun.

Elle resta perplexe.

— Est-ce une façon alambiquée de dire que tu leur as fait signer à toutes des accords de confidentialité ?

Orion ne répondit pas. Il resta immobile et silencieux. De plus en plus perplexe, elle tourna et retourna ses paroles dans son esprit. Et la perplexité laissa place à la stupéfaction. Non… Il ne pouvait pas…

— Orion ?

— Calista, répondit-il avec une pointe d'amusement dans la voix.

— Tu… Tu ne veux pas dire que… ?

— Si.

Elle se retourna vivement sans prêter attention à l'eau qui giclait de la baignoire et s'assit sur les talons face à lui. Son cœur battait si fort qu'elle en était tout étourdie. Les yeux d'Orion brillaient d'un éclat intense qui leur donnait des reflets dorés. À part ce détail, il semblait parfaitement détendu. Pas le moins du monde perturbé par ce qu'il venait de lui dire. De lui avouer.

— Tu ne veux tout de même pas dire que… ?

— Si, c'est exactement ce que je veux dire.

Il semblait presque trouver la situation amusante.

— Tu es ma seule maîtresse, Calista. Et bientôt tu seras mon épouse et ma reine. Ta réaction suggère que tu n'as pas pris de plaisir, alors que je suis certain du contraire.

— Je… Ce n'est pas le problème ! On est censé prévenir dans ce genre de situation…

Il haussa les épaules.

— Si ça te contrarie, j'en suis désolé.

— Si ça me contrarie ?

Elle fut parcourue d'un violent tremblement. Comme si tous ses os se déboîtaient. Comme si son cœur se disloquait.

— Non, ça ne me contrarie pas. Bien sûr que non. C'est juste que je n'arrive pas à y croire.

Elle ne s'était jamais demandé à quoi pouvait ressembler un homme vierge. Ou plutôt un homme qui venait de perdre sa virginité. Cependant, elle n'était pas certaine qu'Orion correspondait à l'image qu'elle aurait pu s'en faire. Allongé nonchalamment dans l'eau, le visage serein, il semblait très à l'aise. Très sûr de lui.

Comme il l'avait été un peu plus tôt, depuis l'instant où il l'avait embrassée dans le couloir jusqu'à celui où elle s'était endormie dans ses bras après avoir joui pour la troisième fois… Envahie par une vive chaleur, elle déglutit péniblement.

— Pourquoi mentirais-je ? demanda-t-il d'un ton léger. Les hommes ont plutôt tendance à mentir dans l'autre sens en enjolivant leurs prouesses, non ?

— Mais tu… Mais c'est… ?

Ressaisis-toi et arrête de bégayer.

— Pourquoi ? reprit-elle sobrement.

Il esquissa un sourire.

— J'ai compris très tôt que l'une des faiblesses les plus importantes de mon père, c'était son incapacité à résister aux tentations sexuelles. Il ne faisait rien pour cacher ses aventures. Au contraire, il exhibait ses conquêtes dans des journaux comme ceux de ton père ou même ici, au palais. Si bien qu'à l'âge où j'aurais pu avoir mes premières expériences dans ce domaine, j'étais trop accaparé par ce qui était déjà mon travail. Réparer les dégâts qu'il causait.

Ses yeux noisette étincelèrent.

— J'ai décidé que je ferais mieux d'éviter d'en causer à mon tour, pour m'épargner une charge de travail supplémentaire. Au départ c'était une décision prise sur un coup de tête à treize ans. Puis c'est devenu un serment, que j'ai respecté.

— Comment as-tu pu…

La voix de Calista s'éteignit. Il lui avait fait un cadeau inestimable, qui transformait leur relation et la rendait tout à coup bien réelle. Cette idée lui donnait envie de pleurer. De lui prendre les mains en le suppliant d'être prudent. De le prévenir qu'il ne devait pas lui faire confiance parce qu'elle finirait par le trahir.

— T'imagines-tu que les hommes sont incapables de se contrôler ? demanda Orion avec toujours cette pointe d'amusement dans la voix. Personne ne s'étonne si une femme décide de préserver sa vertu. Mais si un homme prend la même décision, on considère qu'il a un problème.

— Tu as pris cette décision pour rester vertueux ?

— Mon frère te dirait que je ne suis pas fait pour être roi, parce que la vie monacale me convient beaucoup mieux.

Un nouveau sourire étira les lèvres d'Orion.

— J'ai toujours été très sensuel. Je me suis simplement limité à exprimer ma sensualité d'une autre manière que par le sexe. Jusqu'à aujourd'hui.

Il inclina la tête.

— Jusqu'à toi.

Elle fut de nouveau submergée par l'émotion. Allait-elle éclater en sanglots ?

— Des années d'attente, et tout à coup tu t'es dit : « Ça suffit », après une soirée au bal.

— Avec la femme que je dois épouser. Ce n'était pas pour le mariage que je me réservais, Calista. Je ne suis pas une jeune fille qui a préparé son trousseau. Je voulais juste éviter de répéter les erreurs de mon père.

— Mais…

Il se pencha vers elle, referma la main sur sa nuque et l'attira doucement vers lui. À son grand dépit, elle fut envahie par une vague de désir. Pourquoi se sentait-elle aussi bien dans ses bras ?

— C'est un mariage arrangé, lui rappela-t-elle avec

humeur. Nous sommes censés avoir des relations distantes, froides. Pas…

— Ne t'inquiète pas, Calista. Je pense que nous nous en sortirons d'une manière ou d'une autre.

Elle frissonna. Il prononçait son prénom différemment. Sa voix prenait des inflexions plus douces. Plus profondes. À moins que ce soit son pauvre cœur qui lui joue des tours… Mieux valait arrêter de discuter. Mieux valait éviter de lui dire que *bien sûr* elle s'inquiétait et qu'il ferait mieux d'en faire autant. Quels que soient ses sentiments, elle restait la fille de son père. Et ce dernier finirait par les détruire, tous les deux, et sa sœur, sans le moindre scrupule.

Elle ne dit rien de tout cela, mais il sembla lire dans ses pensées.

— Ne t'inquiète pas, murmura-t-il en lui caressant les cheveux.

Puis il mit le comble à son désarroi en ajoutant :

— J'ai confiance en toi.

9.

Le mois de décembre avançait, et on approchait peu à peu du vingt-trois, date du conseil d'administration où Calista avait toujours l'intention d'intervenir.

Son père l'avait peut-être chassée du bureau, mais ça ne changeait rien au projet qu'elle avait élaboré pendant des années. Et après tout il était préférable qu'elle soit absente de l'entreprise pendant les derniers jours précédant l'opération. Sur place elle aurait eu beaucoup de mal à garder son calme et à continuer à feindre la soumission.

Mieux valait qu'elle soit au palais plutôt que sous la coupe de son père. Même si elle n'était pas libre pour autant. Tous les jours elle recevait des messages et des appels la pressant de lui fournir des informations compromettantes sur Orion. Par ailleurs elle n'échappait pas au zèle des secrétaires particuliers du roi, déterminés à lui apprendre tout ce qu'ils estimaient indispensable à l'exercice des fonctions de reine, depuis la rédaction des courriers officiels jusqu'aux subtilités de la diplomatie internationale.

Entre les cours intensifs et les efforts qu'elle déployait pour esquiver les injonctions de son père, elle avait des journées très chargées. Quant à ses nuits… Ses nuits elle les passait dans les bras d'Orion. En s'efforçant de ne pas se poser de questions sur leur relation.

« Je ne comprends pas comment pendant toutes ces années tu as pu… Je ne te comprends pas du tout », avait-elle résumé une nuit, alors qu'ils reprenaient leur souffle, allongés devant la cheminée de sa chambre.

« J'avais fait un serment », avait-il répondu d'une voix traînante en la faisant rouler sur le ventre pour s'allonger sur son dos.

Vibrante de désir, elle avait murmuré d'un ton malicieux : « Eh bien, tu l'as rompu. »

Elle avait senti son sourire sur sa peau et frissonné.

« J'avais fait le serment de ne goûter aux plaisirs de la chair qu'avec ma reine, Calista. Je n'ai rompu aucun serment. »

Deux semaines après leur première nuit, elle s'efforçait de ne pas trop penser aux moments qu'elle passait dans ses bras. Parce qu'ils la faisaient douter d'elle-même, de son objectif et de tout ce qui avait fait sa vie jusque-là.

— Peut-être que tu l'aimes bien, tout simplement, commenta sa sœur d'un ton pince-sans-rire, une semaine avant la veille de Noël. Peut-être qu'il est sympathique. Peut-être qu'un jour je finirai par faire sa connaissance et que je pourrai juger par moi-même.

— Tu l'as déjà rencontré.

— Je lui ai été présentée au bal de vos fiançailles, en présence de la moitié du royaume. Ce n'est pas pareil.

Calista n'évitait pas délibérément de présenter Melody à Orion, mais elle ne faisait aucun effort non plus pour favoriser une rencontre. À quoi bon ? Il ne restait que six jours avant le conseil d'administration et sept avant son prétendu mariage. Pourquoi faire comme si sa sœur et Orion étaient appelés à se fréquenter ?

Et pourtant, en ce moment elle se trouvait dans un des salons du palais pour l'essayage d'une robe blanche qu'elle n'avait pas l'intention de porter un jour. Et surtout pas pour la cérémonie pour laquelle elle avait été créée. Les conseillers du palais avaient décidé, sans vraiment la consulter, que ce mariage devait être digne d'un conte de fées. La robe était constituée d'une jupe si bouffante qu'elle donnait l'impression de pouvoir s'envoler au moindre souffle d'air et d'un bustier qu'il lui coupait le souffle au propre comme au figuré. Le tout était entièrement brodé de fils d'or.

Au cas où quelqu'un douterait qu'elle allait épouser un roi.

Mon Dieu ! elle allait épouser *le roi.*

Non. Tu fais semblant d'avoir l'intention de l'épouser.

Pourquoi avait-elle tendance à oublier ce détail ?

— Je conclus de ton silence que c'est oui. Tu l'aimes bien.

La voix de Melody arracha Calista à ses pensées.

— Que je l'aime bien ou pas, ça n'a aucune importance, répliqua-t-elle d'un ton plus maussade qu'elle ne l'aurait voulu.

L'armée de couturières s'était absentée dix minutes plus tôt pour régler un problème urgent dont elles lui avaient épargné les détails. Elle attendait debout sur une estrade, entourée d'un mur de miroirs portables. Melody, installée dans un fauteuil, avait un air amusé et semblait plus à l'aise qu'elle dans ce palais.

— Personnellement, je trouverais plutôt positif de bien aimer l'homme que je suis obligée d'épouser. Mais c'est très personnel.

Calista crispa les poings. Heureusement que sa sœur ne pouvait pas la voir… Mais à en juger par son expression, elle se doutait de sa réaction. Comme toujours.

— J'ai un projet, lui rappela-t-elle en s'efforçant de parler d'une voix calme.

— Si tu changes de projet, ce n'est pas la fin du monde. Ce serait peut-être même préférable. Il y a des occasions partout, si on sait les repérer.

Calista ouvrit la bouche, puis la referma en plissant le front.

— Tu parles de moi ou de toi ?

Melody eut un sourire crispé.

— Notre père m'a parlé d'une occasion de changer de cadre de vie.

Calista fut envahie par un grand froid. Elle aurait dû trouver quelque chose à transmettre à son père. Des bruits de palais. Une rumeur quelconque. Comment avait-elle pu imaginer qu'elle pouvait continuer à feindre d'être trop occupée par la préparation du mariage qu'il lui avait imposé pour répondre à ses nouvelles exigences ?

Il venait de lui rappeler par l'intermédiaire de Melody qu'il était prêt à mettre ses menaces à exécution. Comment avait-elle pu être aussi stupide ?

— Je le savais…

Elle eut soudain l'impression d'être en cage dans la robe de mariée. En prison. Elle étouffait. Elle mourait d'envie de l'arracher, de la déchirer… *Respire*.

— Oh ! ça devrait aller, dit Melody d'un ton détaché. Je n'ai jamais fréquenté d'autres aveugles. Peut-être que je m'entendrai bien avec eux. Au pire j'apprendrai… des trucs destinés aux aveugles.

Calista avait de plus en plus de mal à respirer.

— C'est ma faute.

— Tu sais bien que c'est faux, Calista. Si je n'ai pas été envoyée dans un établissement de ce genre dès la naissance, c'est grâce à toi.

Sa sœur semblait calme. Résignée. Tout le contraire d'elle…

— J'ai été accaparée par ce que je faisais ici.

Par le sexe, songea-t-elle, accablée de remords.

— J'aurais dû prévoir qu'ils agiraient. Il est même surprenant qu'ils ne l'aient pas fait plus tôt.

Elle avait envie de démolir les murs, de fracasser les miroirs… Mais elle pouvait à peine bouger dans cette fichue robe de conte de fées.

— Melody…

La porte s'ouvrit brusquement.

Au lieu des couturières qui avaient l'habitude d'aller et venir d'un air affairé, c'était un homme qui se tenait dans l'encadrement. Le cœur de Calista fit un bond dans sa poitrine, puis se calma aussitôt. Ce n'était pas Orion.

Pourquoi aurait-elle voulu que ce soit Orion ?

Dans son fauteuil Melody changea de position, dissimulant instinctivement sa vraie nature. Pas sa cécité, mais le fait qu'elle n'était pas faible et sans défense. Elle était très douée pour ça. En un clin d'œil elle se transformait. Elle semblait plus petite. Fragile, vulnérable.

— Prince Griffin, dit Calista d'une voix calme qui lui coûta un immense effort.

— Lady Calista, répondit le prince Griffin de son ton suave qui l'agaçait parce que trop étudié à son goût.

Il se tourna vers Melody, qui avait tout d'une damoiselle en détresse dans son fauteuil.

— Votre Altesse Royale, dit Calista avec une maîtrise de l'étiquette acquise bon gré, mal gré. Permettez-moi de vous présenter ma sœur, Lady Melody.

Melody ne se leva pas pour exécuter la révérence appropriée, mais d'une simple inclination de la tête elle réussit à en donner l'impression. Calista observa son futur beau-frère, qui après un instant d'hésitation se rappela visiblement que la sœur Skyros avait un « problème ».

— Enchanté, murmura-t-il en faisant une profonde révérence, que Melody ne pouvait pas voir mais qu'elle entendit sans doute.

— Êtes-vous venu apporter votre aide pour l'essayage de la robe ? demanda Calista en le foudroyant du regard. J'ai entendu de nombreux récits de vos exploits, mais aucun ne mentionnait que vous étiez doué pour habiller les femmes. C'était plutôt le contraire.

— Pas du tout.

Elle se redressa instinctivement quand il se tourna vers elle. À cause de son attitude nonchalante et de son éternel demi-sourire, il donnait l'impression d'être lymphatique, mais son regard était pénétrant.

— Je suis venu vous avertir.

— M'avertir ?

Calista jeta un coup d'œil à sa sœur dans les miroirs. Melody aurait pu passer pour la petite fille aux allumettes. Alors qu'elle était assise dans un fauteuil de brocart aussi somptueux qu'un trône… C'était du grand art. Comme toujours.

— Oh ! c'est l'avertissement classique, dit-il d'un ton enjoué. Nous sommes tous adultes. Et nous connaissons tous la vie, je suppose. Mais je dois vous prévenir que si vous blessez mon frère de quelque manière que ce soit, ce n'est pas lui qui vous posera le plus de problèmes.

Il semblait si poli… Elle mit quelques secondes à comprendre le sens de ses propos.

— J'ai hâte que Melody adresse le même avertissement au roi, répliqua-t-elle.

— C'est entre votre sœur et le roi.

Le sourire du prince s'élargit.

— Si elle souhaite le menacer, bien sûr. La plupart des gens évitent de le faire. Parce que c'est puni par la loi.

— Inutile de s'inquiéter, intervint Melody d'une voix tremblante.

Calista faillit pouffer.

— Je n'oserais jamais parler en présence de Sa Majesté, ajouta Melody.

Calista s'attendait que le prince Griffin ait un sourire compatissant, comme la plupart des gens. Qu'il considère Melody comme un meuble sans intérêt. Il était le prince play-boy d'Idylla, qui ne s'attirait pas la haine comme son père parce qu'il était charmant. Pas parce qu'il était différent.

Mais au lieu de traiter Melody par le dédain, le prince… se redressa. Son demi-sourire disparut. Et il regarda Melody d'un air…

Non, sûrement pas, songea Calista.

— C'est un homme comme les autres, dit-il. De chair et de sang, Lady Melody. Ni plus ni moins, malgré sa couronne.

Melody frissonna, comme si cette idée l'effarait.

— Si vous le dites, Votre Altesse Royale.

— Appelez-moi Griffin.

Calista se hérissa. La façon dont il regardait sa sœur ne lui plaisait pas. Du tout.

— Après tout, nous sommes presque parents, n'est-ce pas ?

Calista faillit lever les yeux au ciel. Cette voix suave était décidément insupportable. Et elle connaissait assez bien sa sœur pour voir que cette affirmation ne lui plaisait pas. D'ailleurs elle s'agitait… Si elle tenait vraiment à faire semblant d'être une petite créature sans défense, pas de problème. Calista allait entrer dans son jeu. Et en profiter pour remettre le prince Griffin à sa place.

— Chut…, murmura-t-elle d'une voix apaisante. C'est aussi pour ça que je me marie, Melody. Pour te donner ces merveilleux frères.

Melody oublia soudain de jouer la comédie et se tourna vers elle d'un mouvement vif, comme si elle était furieuse. Mais ce fut si furtif que le prince Griffin ne parut pas se rendre compte de ce brusque changement d'attitude.

— Je suis impatient de vous accueillir officiellement dans la famille, déclara-t-il d'une voix charmeuse avant de quitter la pièce.

Pendant quelques secondes les deux sœurs restèrent silencieuses, puis Calista dit d'un ton enjoué :

— C'est vraiment comme un conte de fées. Ton propre prince charmant est impatient de t'accueillir dans la famille malgré tes minauderies, Melody.

— Je devrais te tuer. Tu sais que j'en suis capable, n'est-ce pas ? lança Melody, redevenue totalement elle-même. De mes propres mains.

— Oh oui ! je sais.

Melody se cala dans son siège en riant. Comme si la situation était du plus haut comique. Calista sentit son estomac se nouer. Malheureusement leur père ne plaisantait pas. Il restait encore six jours avant le conseil d'administration qui déclencherait son plan, et si elle ne lançait pas un os à ronger à leur père dans les plus brefs délais, il expédierait Melody dans une horrible prison maquillée en institution. Et il lui présenterait ça comme un cadeau de mariage.

Comment pourrait-elle vivre avec ce poids sur la conscience ? Elle ne pourrait pas. Il fallait prendre une décision. Et vite. Une décision qui ne devrait pas lui paraître aussi difficile. Elle allait protéger sa sœur, bien sûr. Comme depuis toujours. Elle allait le faire aux dépens de l'homme qu'elle n'avait jamais prévu d'épouser et auquel elle n'aurait jamais dû s'attacher.

Même si ça la déchirait.

10.

Deux semaines après leur première nuit, Orion s'interrogeait encore. Pourquoi avait-il choisi de révéler à Calista qu'elle était sa première maîtresse ?

Et surtout, pourquoi était-elle la seule femme au monde capable de lui faire rompre un serment auquel il avait été fidèle toute sa vie ? Certes, il s'était juré de ne pas toucher une femme avant son mariage, et ils étaient fiancés. Ils se marieraient dans une semaine, la veille de Noël. Mais il serait hypocrite de considérer ça comme une excuse. Il avait bel et bien rompu son serment. Et au lieu d'être accablé de remords, il baignait dans une euphorie délicieuse.

Ce qui lui imposait de revoir le jugement négatif qu'il s'était toujours plu à porter sur les autres hommes. Et surtout sur son père.

Jamais il n'aurait pu imaginer qu'un jour il ferait preuve d'une certaine compréhension à l'égard de son père… C'était assez perturbant, à vrai dire. Mieux valait éviter de s'appesantir là-dessus. Il était tellement plus agréable de penser à Calista… Depuis deux semaines, il se réveillait tous les matins dans son lit. Après avoir très peu dormi, parce qu'il n'était jamais rassasié d'elle. Avec elle, il découvrait une vérité qu'il n'avait jamais comprise jusque-là. La force du désir. Le besoin, la folie et le manque qui pouvaient découler de cette attirance irrésistible. Il ne pensait plus qu'à elle, il n'avait plus envie que d'elle. Il rêvait de pouvoir oublier toutes ses responsabilités pour se concentrer uniquement sur elle. Sur tout ce qu'ils pouvaient partager dans ce lit.

En fait, s'il avait réussi à se draper dans sa vertu avec suffisance pendant si longtemps c'était parce qu'il ne l'avait pas encore rencontrée.

— Tu recommences à me dévisager, dit-elle à côté de lui.

Ils se trouvaient à l'arrière d'une limousine, en route pour le dernier bal de Noël auquel ils assisteraient en tant que fiancés. Celui qui aurait lieu une semaine plus tard, la veille de Noël, serait également la réception de leur mariage. Il fallait reconnaître qu'il attendait avec impatience le jour où elle deviendrait officiellement son épouse. Il se sentait… possessif. À un point qu'il n'aurait jamais pu imaginer. Plus qu'une semaine à tenir.

— Ne puis-je pas regarder la femme qui va devenir mon épouse ? répliqua-t-il d'un ton léger.

Il lui tenait la main, comme il en avait pris l'habitude. Il ne pouvait pas s'empêcher de jouer avec la bague qu'il avait glissée à son doigt, ce magnifique symbole du royaume dont elle serait à son avis la meilleure reine.

— Dans une semaine, Calista. Sept jours.

Il lui lança un coup d'œil. Comme d'habitude elle semblait tendue. Mais son regard était ardent. Il choisit de se concentrer sur cette ardeur.

— Je me demande si tu attends vraiment notre mariage avec joie ou si tu essayes de t'en convaincre. N'oublie pas que c'est un chantage qui t'oblige à m'épouser.

— Tu crois vraiment que je risque de l'oublier ?

Lui ne l'oubliait jamais, bien sûr. Mais à présent il

dissociait Calista de son père. C'était Aristotle Skyros qui le faisait chanter. Cela signifiait-il que Calista était innocente ? C'était le sentiment qu'il avait. Mais peut-être prenait-il ses désirs pour des réalités.

— Je t'assure que c'est un détail qui ne m'échappe jamais.

— Je dois dire que je ne te comprends pas.

Il enveloppa Calista d'un regard ébloui. Elle était particulièrement belle, ce soir. Mais il était vrai qu'elle lui paraissait toujours plus belle, jour après jour.

— Qu'y a-t-il à comprendre ?

— Tu ne peux pas me faire confiance.

Elle semblait indignée par cette pensée.

— C'est impossible. Je suis la fille de ton ennemi, et…

— Tu es la fille de mon maître chanteur, oui. Mais ton père n'est pas mon ennemi, Calista. Comment un parasite pourrait-il être un ennemi ? Ce n'est qu'une sangsue, rien de plus.

Elle ne parut pas convaincue.

— Lors de notre première rencontre, je t'ai dit exactement qui j'étais. Je ne t'ai pas caché que, quoi qu'il arrive, je ne serai jamais de ton côté. L'as-tu oublié ?

— Ce n'est pas que je l'ai oublié, répliqua-t-il, surpris par la colère qui se lisait dans son regard. C'est juste que les choses ont changé.

— Elles ont changé pour toi.

Elle parlait avec fougue. Et à vrai dire, il aimait profondément sa fougue sous toutes ses formes. Sa façon de le supplier quand ils faisaient l'amour, ses gémissements, ses sanglots, sa passion. Jamais aucune musique n'avait été aussi mélodieuse à son oreille.

— Vas-tu encore me faire un discours sur ma virginité ? demanda-t-il, amusé. Je vais finir par croire que ça t'obsède.

Elle lui retira sa main, mais il eut le temps de la sentir trembler.

— Ça ne m'obsède pas du tout. Je pense juste que tu es peut-être plus marqué que tu ne l'imagines par le fait de l'avoir perdue. Il ne faut pas attacher trop d'importance au sexe. Ça ne signifie rien de particulier. Ce n'est pas parce qu'on couche avec quelqu'un qu'on peut forcément lui faire confiance.

— Je t'ai déjà dit que je te faisais confiance.

Elle tressaillit. Comme s'il l'avait frappée…

— Alors tu es inconscient.

Pourquoi semblait-elle aussi bouleversée ? Perplexe, Orion observa Calista à la dérobée tandis que la limousine s'arrêtait devant une grande villa située à l'extrémité sud de l'île. Propriété d'une des grandes familles de l'île depuis des siècles, elle avait été considérée à certaines périodes de l'histoire comme un deuxième palais royal.

Ce bal était le préféré d'Orion. La villa était un chef-d'œuvre architectural mêlant les styles idyllien, italianisant et hellénistique. La nuit étant fraîche, de puissants radiateurs réchauffaient le parc, tout illuminé. Les arbres étaient chargés de décorations de Noël, et le parfum du jasmin flottait dans l'air.

Après l'annonce de leur arrivée, Orion et Calista firent le tour des différentes pièces la villa en compagnie de leurs hôtes comme le voulait la tradition. Tandis qu'ils saluaient tour à tour les groupes d'invités, l'attention d'Orion était en réalité concentrée tout entière sur la femme qui était à son côté. Ce regard hanté, cette tension qui émanait de tout son corps… Il l'entraîna sur la piste de danse de la plus grande salle pour ouvrir le bal.

Était-ce un effet de son imagination ou bien était-elle vraiment bouleversée ? Elle semblait plus vulnérable qu'à l'ordinaire. Elle semblait même… effrayée ?

S'il lui posait des questions, elle l'enverrait promener sans ménagement. Il en avait la certitude. Malgré tout, elle avait un air si égaré…

— Tu sais que tu peux me dire ce qui ne va pas.

Il plongea le regard dans le sien.

— Je suis le roi. Si je ne peux pas t'aider, qui le pourrait ?

Elle arborait son sourire des événements officiels, mais le regard de ses yeux turquoise était teinté de désespoir.

— Il y a certains problèmes que même un roi ne peut pas résoudre.

— C'est grave à ce point ?

— Orion, s'il te plaît. C'est inutile d'insister.

Il la serra plus étroitement contre lui.

— Si. Parce que la jeune femme que j'ai vue pour la première fois dans mon salon il y a plusieurs semaines n'avait pas cet air perdu. Ce qui frappait chez elle c'était sa détermination. Alors tu devrais peut-être te demander, mon adorable future reine, ce qui est arrivé à la tienne.

La détresse qui assombrit le regard de Calista serra le cœur d'Orion. Il aurait tellement aimé pouvoir la prendre dans ses bras pour l'emporter immédiatement loin de cet endroit où tous les regards étaient braqués sur eux…

— C'est une question que je me pose tous les jours, répondit-elle d'une voix rauque.

La danse se termina, et il dut se mêler de nouveau à la foule pour l'interminable rituel fait de poignées de mains et de conversations plus ou moins enjouées. Depuis qu'il l'avait trouvée dans un coin du jardin botanique en compagnie de son père, Calista ne s'était plus éloignée de lui un seul instant. Ce soir-là elle ne le quitta pas non plus. Elle resta à son côté, souriante et affable, comme se devait de l'être la reine.

Sa présence à son côté lui était devenue familière. Pour ne pas dire indispensable. Chose qu'il n'aurait jamais pu imaginer ne serait-ce qu'un mois plus tôt, tant il était habitué à tout faire seul. Mais au cours des dernières semaines, Calista s'était épanouie dans son rôle – qu'elle le veuille ou non. Et plus les jours passaient, plus il était facile d'imaginer former une véritable équipe avec elle.

Elle n'avait rien de commun avec sa mère, qui lui avait toujours paru très fragile, près de s'évanouir à la moindre difficulté. Calista n'était pas fragile. Elle était dynamique. Pleine d'humour mais pas trop désinvolte. Capable de poser les questions les plus incisives avec une amabilité irréprochable.

— Si tu dois me trahir, je préférerais que tu te dépêches, dit-il en l'entraînant d'un groupe d'invités à un autre. Comme ça, nous pourrions rapidement tourner la page et passer à autre chose.

— J'ignorais que vous étiez aussi optimiste, Votre Majesté, plaisanta-t-elle.

Avec une pointe d'amertume dans la voix.

— Je ne pourrais pas me consacrer à améliorer la situation de ce royaume si je n'étais pas optimiste. Le cynisme y cause déjà suffisamment de ravages.

Devant le regard sombre qu'elle lui lança, il sentit son estomac se nouer. Pourquoi avait-il un mauvais pressentiment ?

— L'optimisme est un privilège, commenta-t-elle. Un don.

Il n'eut pas le temps d'approfondir la question, car elle se mit à discuter avec un groupe d'ambassadeurs. Mais de toute façon, il n'était pas certain d'avoir vraiment envie de savoir ce qui la rongeait… Skyros apparut soudain devant Orion. À sa grande contrariété. Il avait pourtant donné des instructions pour que ça ne se produise en aucun cas. Il lança un regard furieux au conseiller qui se tenait à sa droite. Ce dernier s'inclina vers lui avec déférence.

— Je suis navré, Sire. Il a menacé de faire un esclandre s'il ne pouvait pas vous parler en tête à tête, murmura-t-il avant de s'éloigner de quelques mètres.

Orion serra les dents. Nul doute que Skyros n'hésiterait pas à mettre sa menace à exécution.

— Vous croyez vraiment que vous pouvez m'éviter ? demanda Skyros d'un ton hargneux quand ils se furent isolés dans une alcôve, à l'écart de la foule. Si je marie ma fille avec vous c'est pour avoir l'oreille du roi.

— Et moi qui pensais que j'épousais votre fille pour éviter des révélations fâcheuses. N'avons-nous pas conclu un accord en ce sens ?

— Dans un cas comme dans l'autre, le résultat est le même. Je suis votre futur beau-père. Je ferai bientôt partie de la famille royale, que ça vous plaise ou non. Ça me donne le droit d'être écouté.

— Personne ne vous empêche de parler. Quant à savoir si j'ai l'intention de tenir compte de ce que vous me direz, je pense que vous connaissez la réponse.

— Vous pourriez le regretter, Votre Majesté.

Orion dut faire un immense effort pour rester impassible. Deux mois plus tôt, il ne lui serait jamais venu à l'idée de frapper Skyros. Ce soir, il rêvait de lui écraser le visage d'un violent coup de poing. Mais Idylla n'avait vraiment pas besoin que son roi se bagarre comme un voyou.

— Je suis votre roi, Skyros. À votre place, je m'efforcerais de ne pas l'oublier. Ça vous éviterait sans doute de tenir des propos qui pourraient vous attirer de graves ennuis.

Skyros émit un grognement dédaigneux.

— Vous régnez sur une île. Moi, je règne sur un empire. J'influence l'opinion des gens. J'influence leurs sentiments. Je fabrique des histoires et je les persuade qu'elles sont vraies. Vous, vous vous contentez de saluer la foule depuis une limousine ou d'inaugurer des plaques commémoratives.

— Quelqu'un qui éprouve aussi peu de respect pour la monarchie ne devrait pas être aussi désireux d'entrer dans une famille royale.

— J'ai su faire mon profit des exploits sexuels de votre père, rappela Skyros d'un air suffisant. Ne croyez-vous pas que l'inexpérience hors du commun de l'adulte que vous êtes peut m'être tout aussi utile ?

Pendant quelques secondes, un voile blanc tomba devant les yeux d'Orion, et le décor s'estompa.

Calista.

Une douleur aiguë lui transperça le cœur aussi sûrement que la lame d'un poignard.

Elle l'avait prévenu. À plusieurs reprises. Mais il ne l'avait pas écoutée. Et même s'il l'avait écoutée, il n'aurait jamais pu deviner que sa trahison prendrait cette forme.

— Si j'ai un moyen de pression sur le roi, vous imaginez bien que j'en ai également un sur ma fille. Vous avez tout intérêt à changer d'attitude, Sire.

Sur ces mots, l'ignoble maître chanteur s'éloigna d'un air satisfait. Laissant Orion pétrifié.

Conscient qu'il ne pouvait s'en prendre qu'à lui-même.

11.

— Il y a forcément quelque chose qui ne va pas, dit Calista au bout d'une demi-heure de silence pesant.

Le trajet en voiture du sud de l'île au palais durait presque deux heures. Elle n'avait jamais vu Orion aussi calme. Ou plus exactement aussi silencieux. Parce qu'en réalité il n'était pas calme du tout. Le regard tourné vers la vitre, il bouillait. Ça se sentait. Et quand elle essayait de lui parler, il ne répondait pas. Ce qui ne lui ressemblait pas du tout.

— Il y a beaucoup de choses qui ne vont pas. Mais en discuter ne servirait à rien.

Elle sentit son cœur se serrer. Il avait enfin répondu, mais sur un ton… Jamais elle ne l'avait entendu parler sur ce ton.

— Qu'a dit mon père ?

Elle les avait vus discuter dans une alcôve, à l'écart de la foule. Où personne ne pouvait les entendre… Ce qui laissait supposer qu'ils n'avaient pas parlé de la pluie et du beau temps. Elle déglutit péniblement. Plus que quelques jours avant le conseil d'administration. Le 23 décembre, elle priverait son père de son pouvoir en prenant le contrôle de son entreprise. Melody serait enfin hors de danger.

— À ton avis, qu'avait à me dire ton père ?

Pour la première fois depuis que la voiture avait démarré, Orion tourna la tête pour la regarder. Et elle eut le souffle coupé. Pour la première fois depuis qu'elle le connaissait, le roi Orion semblait… furieux.

— Je n'en ai aucune idée, prétendit-elle.

— Je m'en veux. Après tout, tu m'avais prévenu. À plusieurs reprises. Mais je pensais que ta haine pour ton père l'emporterait.

Il fit une pause avant de poursuivre d'une voix dure en dardant sur elle un regard glacial :

— Je n'ai pas honte de mon inexpérience. Si la nouvelle s'étalait à la une de tous les journaux, ça ne me ferait ni chaud ni froid. J'ai respecté mon serment parce que c'était ma volonté, puis je l'ai rompu parce que je l'avais décidé. Toi et ton père vous ne pouvez pas m'humilier en publiant la vérité.

Elle faillit prononcer son nom, mais n'osa pas. Il la fixait toujours d'un regard glacial.

— Ce qui me fait honte, c'est d'avoir imaginé que tu valais mieux que lui.

Elle réprima une nausée. Oh ! comme elle se haïssait ! Comme elle se haïssait d'avoir donné un os à ronger à son père ! Mais si elle ne l'avait pas fait, elle n'aurait jamais plus revu sa sœur. Il l'aurait envoyée quelque part sans lui dire où. Et ensuite il aurait sans doute fait comme si Melody n'avait jamais existé. Juste pour la torturer. Non seulement elle n'aurait plus revu sa sœur, mais elle n'aurait également plus jamais rien su d'elle. Non, elle n'avait pas eu le choix. Ce qui ne l'avait pas empêchée de se sentir aussi ignoble que son père quand elle lui avait fourni cette information si intime.

Mais jamais elle n'aurait imaginé qu'il la révèlerait avant le mariage.

— Je n'ai pas eu le choix.

— Pas de protestations pour tenter de me convaincre que ce n'est pas ta faute, je vois. Pas de larmes, rien.

Malgré une irrésistible envie de se rouler en boule et de mourir, elle releva le menton.

— Tu dois savoir que si mon père m'a mise entre tes mains, c'est dans un seul but. Que je lui fournisse des informations sur toi.

Orion laissa échapper un rire sans joie.

— Pourquoi me suis-je imaginé autre chose ?

— Je ne crois pas que c'est ce que tu aies fait.

Un autre rire sans joie. Comme s'il était avant tout furieux contre lui-même.

— C'est intéressant de savoir que tu suis ses instructions à la lettre, Calista. Il faudra que je garde ça à l'esprit, à l'avenir.

Elle avait envie de pleurer. De tout casser. Ou de se cacher quelque part pour sangloter jusqu'à l'épuisement... Elle se força à foudroyer Orion du regard.

— Je t'ai averti. Je t'ai dit de ne pas me faire confiance. Et de toute façon, tu n'avais aucune raison d'avoir confiance en moi.

Elle faillit s'effondrer quand il lui prit le menton.

— Mais j'avais envie de te faire confiance, Calista. Je savais exactement qui tu étais, mais j'espérais que tu te surprendrais toi-même.

— Alors tu es vraiment stupide. Qu'est-ce que tu t'imaginais ? Que tu pouvais changer le monde par la force de ta seule volonté ?

Elle dégagea le menton de ses doigts, mais son cœur se serra quand Orion ne chercha pas à le retenir.

— Oui, rétorqua-t-il sèchement. Je pensais que tu aurais envie de changer.

Cette réflexion lui fit l'effet d'une gifle, mais en plus violent.

— Tu ne sauras jamais à quel point j'en avais envie…

Elle s'interrompit. À quoi bon lui expliquer ? Cet épisode n'était qu'une parenthèse dans sa vie. Destinée à endormir son père le temps qu'elle prenne le contrôle de son entreprise. Quand et comment le roi d'Idylla lui avait-il mis la tête à l'envers ? Certains matins au réveil, il lui arrivait de ne pas penser un seul instant aux conseils d'administration, à Skyros Media et à son rêve de renverser son père. Elle oubliait tout pendant des heures. Et quand la mémoire lui revenait, elle était accablée de remords d'avoir trahi sa sœur une fois de plus.

En fournissant à son père une information sur Orion - surtout *cette* information –, elle savait parfaitement qu'elle sacrifiait les semaines lumineuses passées avec lui pour l'avenir morne qu'elle avait toujours envisagé.

C'était la seule chose à faire, se répéta-t-elle encore et encore. Un roi s'en sortait toujours. Melody, sous la coupe de leur père, n'avait aucune chance. Mais ce n'était pas parce qu'elle avait fait le bon choix que la souffrance était moins vive.

— Je ne comprends rien, dit-elle en s'efforçant de ne pas le regarder.

C'était trop douloureux. Malheureusement, elle ne pouvait pas s'en empêcher…

— Nous n'aurions jamais dû nous rencontrer. Tu n'aurais jamais dû me dire que tu étais vierge. Tout ça aurait pu être évité si tu avais tenu tête à mon père dès le départ. Ce n'est pas toi qui as commis des fautes, c'est ton père.

Elle secoua la tête. Pourvu que les sanglots coincés dans sa gorge ne s'en échappent pas…

— Bon sang ! tu es le roi, Orion. Tu aurais sûrement pu te débarrasser de lui.

Il eut une moue désabusée.

— Ce ne sont pas les fautes de mon père qui me préoccupent. Ce sont celles de ma mère.

Elle resta bouche bée. Il marmonna quelque chose qui ressemblait à un juron, se passa les mains sur le visage, puis pressa un bouton pour demander à son chauffeur de se garer sur le bas-côté. Quand la voiture s'arrêta, il ouvrit la portière et descendit.

Calista était à bout de souffle. Comme si elle avait couru depuis la villa au lieu d'être arrivée là en voiture. Elle n'avait pas envie de suivre Orion dehors. Elle n'avait pas envie d'entendre d'autres secrets. Parce qu'elle lui avait conseillé de ne pas lui faire confiance, mais elle ne se faisait pas confiance non plus. Ce qu'elle redoutait, ce n'était pas de le trahir en répétant ses secrets à son père. C'était de ne pas pouvoir se résoudre à répéter ses secrets à son père.

Parce que c'était Melody qui en payerait le prix.

Le fracas du ressac contre les rochers résonnait dans la nuit. Elle se dit que c'était ça qui l'attirait dehors. Elle descendit de voiture et admira un instant le ciel criblé d'étoiles. Puis elle baissa les yeux et vit Orion debout sur un rocher qui surplombait la mer. Elle étouffa un sanglot. Cet homme auprès de qui elle avait vécu des moments inoubliables, cet homme qui l'attirait toujours irrésistiblement, elle l'avait trahi.

Pour sauver un être cher, elle en avait perdu un autre.

Comment allait-elle réussir à vivre avec ça ?

Il ne se retourna pas pour voir ce qu'elle faisait. Visiblement certain qu'elle allait le rejoindre. Était-ce pour cela qu'il l'attirait à ce point ? Parce qu'il était sûr de lui ? Si sûr de lui que la nuit où il avait fait l'amour pour la première fois de sa vie, elle l'avait pris pour un amant très expérimenté… Mais le plus déchirant, c'était la complicité qui les avait liés très vite. Se remettrait-elle un jour de l'avoir trahi ?

— Je suis désolée, murmura-t-elle quand elle arriva près de lui.

Mais le vent de décembre emporta ses paroles. Orion continua de fixer l'eau sombre.

— Le moyen de pression que ton père a contre moi est un portfolio, déclara-t-il d'un ton neutre.

— Tu n'as pas à me dire quoi que ce soit. Tu ne peux pas avoir envie de m'en parler.

— Il contient vingt-quatre photos et leurs négatifs. Ton père m'a assuré qu'il n'existait pas d'autre tirage. Ce sont des photos très classiques, si je puis dire. Le roi Max en train de pratiquer le triolisme. En compagnie d'un autre homme et d'une femme…

La voix d'Orion s'éteignit, et Calista murmura :

— Non…

— La femme en question est ma mère, reprit-il d'une voix altérée par la fureur contenue qui le faisait vibrer. Sur les photos, son enthousiasme manifeste semble factice, comme s'il était dû à l'absorption de substances chimiques. Or, au cours des journées qui ont précédé sa mort – survenue peu de temps après cette séance selon la date indiquée sur les clichés –, elle buvait beaucoup et tenait souvent des propos incohérents.

— Orion…

— Elle s'inquiétait parce qu'elle avait des trous de mémoire. Et elle tenait à préparer elle-même tout ce qu'elle mangeait et buvait.

Calista eut un haut-le-cœur.

— Tu crois que ton père… ?

— Quelle importance ? la coupa Orion d'un ton amer. Que mon père l'ait droguée à son insu ou qu'il ait profité d'une éventuelle addiction pour l'inciter à participer à ses séances de triolisme, le résultat est là.

Il secoua la tête, visiblement en proie à une immense lassitude. Calista en eut le vertige. Orion était un roc. Imperturbable. D'une solidité à toute épreuve. Jamais elle n'aurait pensé le voir un jour dans cet état. Et elle se sentait prête à le défendre contre toute attaque, d'où qu'elle vienne. Y compris d'elle-même.

— Je ne suis même pas certain que la publication de ces énièmes photos de mon père en train de se livrer à son activité favorite puisse encore provoquer un scandale dans le royaume. En revanche, l'idée que ma mère puisse être mise dans le même sac que lui m'est insupportable. Sans compter que l'existence de ces photos conduirait à des spéculations sur des précédents éventuels. Ce qui entraînerait des interrogations sur l'authenticité de la filiation paternelle. Et, par conséquent, sur la légitimité des héritiers.

— Ce serait désastreux pour toi…

Calista fut assaillie par une honte si cuisante qu'elle en vacilla sur ses jambes.

— En fait, Calista, j'en ai par-dessus la tête des scandales attachés au règne de mon père. C'était déjà le cas avant qu'ils affectent directement le reste de ma famille, et ça l'est encore davantage aujourd'hui. Et le pire c'est que je suis toujours prêt à épouser la fille d'un homme qui s'est servi de ces photos pour me faire chanter. Quoi que cela fasse de moi.

Cela faisait de lui un héros, songea-t-elle. Peut-être

même un saint. Ce que cela faisait d'elle, il valait mieux éviter de se le demander.

— J'aimerais tellement…

Elle s'interrompit. Que dire, à part qu'elle se haïssait ? Parce qu'après avoir été certaine toute sa vie de ne ressembler en rien à son père, elle venait de découvrir qu'elle était comme lui. Elle l'avait prouvé. Ses motivations étaient différentes, mais le résultat était le même.

— Je croyais ne pas être contaminée par lui, mais je me trompais.

— C'est un choix. Crois-tu que je ne suis jamais tenté de devenir aussi dépravé que l'homme dont je descends ? Crois-tu que je ne me demande pas tous les jours s'il n'aurait pas été plus facile de suivre ses traces ? C'est un *choix*, Calista. Tu as choisi de devenir comme ton père. C'est ta responsabilité, pas la sienne.

— Tu ne comprends pas.

— Alors explique-moi !

Orion avait crié… Elle le considéra avec stupéfaction. Comme s'il lui arrivait la même chose que dans ce lit qu'ils partageaient. Le roi Orion Augustus Pax perdait contrôle. Mais cette fois elle n'en éprouvait aucune satisfaction. Elle avait plutôt envie de pleurer.

— Je…

Les mains d'Orion se refermèrent sur ses épaules, et il plongea le regard dans le sien.

— J'ai senti dès le début cette tension en toi. Tu croyais qu'elle m'échapperait ? Tu voudrais être de glace. Te soucier aussi peu des autres que lui. Mais tu n'es pas lui, Calista. Tu n'es pas obligée de suivre ses traces.

Elle inspira profondément.

— J'ai travaillé avec acharnement toute ma vie pour

acquérir le pouvoir de changer les choses, s'entendit-elle répondre.

Comme si elle pouvait réellement se justifier auprès de cet homme dont elle craignait d'être amoureuse…

Cet homme qu'elle avait déjà trahi.

— Dans une semaine, tu auras le pouvoir de mettre en œuvre tous les changements que tu souhaites. En tant que reine. As-tu oublié que lorsque tu seras mon épouse, je serai la seule personne à avoir plus de pouvoir que toi ?

— Ce que je veux c'est priver mon père du sien.

— Et ensuite ? Quand tu auras pris sa place, que deviendras-tu ?

Elle secoua la tête sans répondre.

— Que vas-tu faire ? insista-t-il alors que le silence se prolongeait.

Elle pensa à toutes ses années de travail. À toutes les gifles reçues de son père. À sa sœur, si équilibrée malgré la consternation de ses parents à la naissance de ce bébé imparfait à leurs yeux.

— Ce que j'ai à faire.

— Réfléchis bien, lui conseilla Orion en la lâchant. Parce que tu pourrais découvrir que je suis beaucoup plus intransigeant que tu ne le penses.

— Moyenâgeux, murmura-t-elle en se remémorant leur première rencontre.

Elle s'éclaircit la voix.

— Même si tu m'exiles à Fort Brisant, ça ne changera rien.

— Très bien.

Orion pivota sur ses talons et s'éloigna en direction de la voiture.

Elle n'avait pas le choix, se répéta-t-elle encore et encore. Elle devait protéger Melody. Orion avait peut-être raison. Lorsqu'elle deviendrait sa reine – *si* elle devenait sa reine –, elle aurait le pouvoir de libérer sa sœur par décret. Mais… si son père prenait les devants ? Elle était prête à se mettre en danger. Mais elle refusait de faire courir le moindre risque à sa sœur.

— Je n'ai pas le choix, murmura-t-elle quand il n'y eut plus que le vent de décembre pour l'entendre.

12.

La veille de son mariage, Orion regardait par la fenêtre de son bureau la vue qui lui avait toujours apporté du réconfort dans les moments difficiles.

Mais depuis quelques jours rien ne pouvait le réconforter.

Les lumières de la capitale brillaient dans la nuit de décembre, encore plus étincelantes qu'à l'ordinaire en cette période de fêtes. Demain serait célébré le mariage royal, mais le royaume ne se doutait pas que cette perspective était loin de réjouir son roi. Alors qu'une semaine plus tôt il aurait sans doute été dans un état d'esprit très différent.

À la une de certains tabloïds, des titres suggéraient que la chronologie de l'idylle du roi communiquée par le palais n'était pas tout à fait conforme à la réalité.

Ces titres étaient des avertissements. Il en était conscient.

Mais c'était le mot « idylle » qui lui pesait sur la poitrine.

Non, décidément cette vue ne lui apportait pas l'apaisement habituel. Parce qu'au lieu du royaume auquel il voulait faire retrouver sa prospérité, il ne pensait qu'à Calista.

Il l'avait à peine vue depuis le dernier bal, au cours duquel il avait découvert ce dont il aurait dû se douter. Qu'elle était aussi retorse et indigne de confiance que son père. Qu'elle aurait pu tourner le dos à ce dernier et à ses agissements, mais qu'elle avait choisi de ne pas le faire.

Et enfin, qu'en dépit de tout ce qui s'était passé entre eux, elle refusait de se confier à lui et de lui expliquer ce qui la rongeait.

C'était ce dernier point qui le préoccupait le plus.

Ils s'étaient rencontrés par hasard une fois, dans un couloir de l'aile du palais réservée à la famille royale. Entourée d'une armée de couturières vêtues de noir, elle avait le visage hagard. Et quand elle l'avait vu, elle s'était figée.

Il l'avait regardée sans savoir quoi faire de toutes les émotions contradictoires qui se bousculaient en lui. Ni lui ni elle n'avait ouvert la bouche. Il avait incliné la tête. Elle avait exécuté la révérence de rigueur. Et ensuite, au lieu de s'entretenir avec certains ministres et d'apporter des solutions aux problèmes les plus urgents qui se posaient dans le royaume, il avait passé la journée à ressasser ce bref échange en tentant d'en tirer des conclusions.

À un autre moment, il l'avait entendue rire avec sa sœur dans un des salons où le personnel préparait son trousseau. Il s'était arrêté net dans le couloir, le cœur transpercé par ce rire. Il était vraiment pathétique…

Mais comment ne pas regretter les journées d'euphorie et de complicité qu'ils avaient partagées ? Comment ne pas être accablé à l'idée que ces jours heureux ne reviendraient plus, mais que leur souvenir serait une torture permanente tout au long d'un mariage morne et sans joie qui s'étirerait indéfiniment ? Année après année, jusqu'à ce qu'ils finissent par se changer en pierre l'un et l'autre.

— On ne peut pas dire que tu offres l'image du futur marié resplendissant de bonheur.

La voix traînante de son frère arracha Orion à ses pensées. Il se tourna vers lui en soupirant.

— Suis-je censé faire la roue dans les couloirs du palais en poussant des cris de joie ?

— Éviter de faire une mine de dix pieds de long serait un bon début. Où est ta charmante future épouse ? Cachée quelque part dans le palais en compagnie d'une nuée de femmes, occupée à se préparer pour le plus beau jour de sa vie, je suppose ?

Orion ne céda pas à l'envie de défendre Calista. Pas ce soir.

— Ma future épouse ne m'a pas fait part de ses projets pour la soirée. Mais il est vrai que je ne lui ai rien demandé.

Griffin cilla, debout derrière le fauteuil dans lequel il préférait s'affaler d'ordinaire. Il se mit à pianoter sur le dossier d'un air songeur. Orion le considéra avec perplexité.

— Si tu es venu ici pour me donner des conseils matrimoniaux, abstiens-t'en.

Griffin esquissa un sourire.

— Quels conseils pourrais-je te donner ? Ma seule expérience dans ce domaine, c'est ce que j'ai pu voir du mariage de nos parents. Pas exactement le genre de spectacle qui donne une idée du bonheur conjugal, n'est-ce pas ?

Orion eut un sourire crispé.

— Tu n'imagines pas à quel point tu as raison.

— Si tu gardes pour toi par devoir des informations qui nous concernent tous les deux, je te rappelle que je ne suis plus un enfant.

Il ne le savait que trop bien, songea Orion avec dérision. Mais il savait également qu'il se serait volontiers passé de savoir ce qui s'était passé entre leurs parents. Et ce qui avait poussé leur mère à faire les choix qu'elle avait faits. Pourquoi gâcher les rares bons souvenirs que gardait d'eux Griffin ?

— J'accomplirai toujours mon devoir. Quoi qu'il arrive. J'ai pris cet engagement envers toi et le reste du royaume il y a des années.

— Oui, oui, murmura Griffin. Personne ne doute de ton dévouement. Ce que je me demande, en revanche, ici, la veille de ton mariage avec une femme si indigne de toi que c'en est risible, c'est…

— Tu parles de ma reine, le coupa Orion d'un ton menaçant.

Il avait décidé de ne pas la défendre, se rappela-t-il soudain. Pas ce soir. Mais puisqu'il avait commencé, autant continuer.

— Je n'admettrai pas un tel manque de respect. Même de ta part, Griffin.

Son frère parut sur le point de pouffer, mais il eut la sagesse de se retenir.

— Compris, dit-il en hochant la tête. Mais si tu tiens à être de son côté, qu'elle le mérite ou non, sache que je suis du tien. Et pas parce que je convoite ta place. Je ne l'ai jamais convoitée, et il n'y a aucun risque que ça arrive.

— Je sais.

Les deux frères se regardèrent un instant en silence avant de détourner les yeux. S'ils avaient été des hommes différents, ils se seraient peut-être embrassés.

— Demain je serai à ton côté et j'accueillerai notre nouvelle reine dans notre famille, déclara Griffin d'un ton inhabituellement solennel. Étant donné que je représente à moi seul toute la famille royale en dehors de toi, je peux t'assurer qu'elle sera bien soutenue. Du moment que c'est ce que tu souhaites.

Orion pensa à Calista. La belle et déloyale Calista. Elle l'avait déjà trahi une fois. Et ce ne serait certainement pas la dernière. Il avait menti à Griffin. Il savait que Calista n'était pas au palais ce soir. Il avait été informé de son départ, et il lui suffirait d'un coup de téléphone pour vérifier où elle se trouvait en ce moment. Mais avait-il vraiment envie de le savoir ?

— Oui, je souhaite qu'elle soit soutenue.

Griffin hocha la tête et se dirigea vers la porte, mais Orion l'arrêta.

— À propos de devoir…

— Je t'ai promis de contribuer à la stabilisation du royaume, le coupa Griffin d'une voix légèrement tendue. Je n'ai pas oublié.

— Je suis heureux de l'entendre. Si je me marie, c'est entre autres pour en finir avec les ragots. Plus de rumeurs. Plus de frasques. Plus question de jouer les séducteurs en série. Ta prochaine relation, je compte sur toi pour qu'elle aboutisse au mariage, tu as compris ?

Griffin parut… décontenancé. Il déglutit péniblement. Puis il hocha la tête et dit d'un ton bourru :

— Comme tu veux.

Après son départ Orion se retourna vers la fenêtre, le cœur lourd. Au-delà des lumières de la ville, la lune presque pleine faisait danser des reflets d'argent sur la mer Égée. Il s'absorba dans sa contemplation, laissant flotter ses pensées moroses dans son esprit, et perdit la notion du temps. Quand il entendit la porte de son bureau se rouvrir, il soupira et se retourna vers son frère.

— Je t'ai déjà dit…

À la vue de Calista, il resta interdit. À première vue,

elle paraissait calme, impassible. Elle portait une tenue de travail à la fois sobre et incroyablement sexy. Une jupe crayon moulante et un chemisier de soie sagement boutonné, qui ne laissait rien voir de ses seins somptueux. Mais qui lui donna tellement envie de les toucher qu'il en vibra de désir. Elle était perchée sur une paire de ces escarpins à talons vertigineux qu'elle affectionnait et qui élevaient ses mollets au rang d'œuvres d'art. Quant à ses cheveux blonds, ils étaient lissés arrière et attachés en un chignon strict.

L'image même de la femme d'affaires intraitable. À l'exception de ses yeux. D'un turquoise plus lumineux que jamais, avec un regard fiévreux.

— Que fais-tu ici ? demanda-t-il froidement. Je croyais que tu avais fait ton choix. Il y a une semaine.

Elle avança dans le bureau, les doigts crispés sur la bandoulière de son sac. Signe qu'elle n'était pas aussi calme qu'elle voulait le paraître.

Mais il n'osait pas espérer. L'espoir lui avait déjà causé assez de problèmes.

— En effet.

Elle déglutit péniblement en s'immobilisant devant son bureau. À son grand dépit, il eut envie de sauter par-dessus pour la prendre dans ses bras et la protéger contre le danger. Alors que le danger c'était elle ! Comment pouvait-il être aussi faible ?

— J'en avais conclu que nous entrerions dans notre mariage royal comme la plupart des souverains, déclara-t-il quand il devint clair qu'elle n'avait pas l'intention d'en dire plus. Avec froideur et retenue. Une façade de courtoisie quand nécessaire. Et qu'après que tu m'auras donné un héritier, nous pourrions reprendre des vies séparées.

La détresse qu'il lisait sur le visage de Calista était le reflet de celle qui le rongeait. Mais elle n'existait que dans son imagination, bien sûr. Parce que la possibilité d'un mariage différent de celui qu'il venait de décrire était désormais exclue. Elle le lui avait fait clairement comprendre.

— Ce soir, je suis allée au siège de Skyros Media pour la réunion annuelle du conseil d'administration, déclara-t-elle.

Pourquoi avait-il l'impression qu'elle choisissait ses mots avec soin ? se demanda-t-il avant de répliquer :

— Je croyais que tu avais été renvoyée.

— J'ai perdu mes fonctions de vice-présidente, oui. Mais il y a plusieurs années, dans le but d'échapper plus efficacement au fisc, mon père a transféré des actions de la société à des membres de la famille. Ma sœur m'a vendu les siennes il y a longtemps pour un penny. Ma mère m'a donné les siennes quand j'ai été promue à la vice-présidence, dans un geste de soutien maternel purement hypocrite qu'elle regrette depuis longtemps. Je détiens donc au total 45 % des parts de la société. Ce qui n'a jamais préoccupé mon père, parce que je suis très obéissante. Je suis son instrument, comme tu l'as dit si je m'en souviens bien.

Elle posa son sac sur le bureau. Orion avait mille choses à lui dire, mais quelque chose dans son attitude l'incita à rester silencieux.

— J'ai travaillé pendant des années en vue de ce conseil, poursuivit-elle d'une voix calme mais teintée d'une émotion qu'il ne parvenait pas à identifier. Et finalement, après des années de revers et de contretemps, j'ai réussi à convaincre un nombre suffisant de membres du conseil de s'unir à moi, ce qui me permettait d'atteindre

51 % des parts. Et me donnait donc le contrôle de Skyros Media. Ma première initiative devait être de demander un vote de défiance contre mon père, afin de pouvoir l'évincer de sa propre société d'ici la fin de l'année.

— Pourquoi ? demanda Orion d'une voix étranglée.

— Parce que je veux mettre ma sœur à l'abri, répondit-elle avec feu. Ça a toujours été ma priorité absolue. Il s'en prend à elle chaque fois qu'il a quelque chose à me reprocher ou à obtenir de moi. Soit il ordonne aux assistantes qui s'occupent d'elle de l'enfermer dans sa chambre en la privant de nourriture. Soit il la bat. S'il est vraiment furieux contre moi il peut me gifler, mais c'est elle qui reçoit la véritable correction. Et dernièrement, il m'a dit que si je ne lui fournissais pas d'informations à ton sujet, il…

La voix de Calista devint hésitante, mais elle releva le menton.

— Il m'a dit qu'il l'enverrait dans une institution.

— Tu parles de la belle-sœur du roi d'Idylla, lui rappela- t-il. Je vais prendre un décret interdisant qu'elle soit privée de liberté.

Il secoua la tête.

— Pourquoi ne m'en as-tu pas parlé ?

— Parce que j'étais tout près du but. Je m'étais préparée pendant des années à cette réunion et je ne pensais qu'à ça. Mon objectif c'était de neutraliser mon père pour qu'il ne puisse plus jamais s'en prendre à Melody. Ce mariage qu'il m'avait imposé était accessoire pour moi. Je me disais que, de toute façon, une fois qu'il serait privé de son pouvoir, je ne serais plus obligée de me marier. L'essentiel pour moi, c'était de préparer au mieux jusqu'au bout la réunion du conseil.

Elle déglutit péniblement.

— Ce que je n'avais pas prévu c'est… ce qui s'est passé entre nous… Ce soir quand je suis entrée dans la salle du conseil, délibérément en retard de quelques minutes, mon père a failli avoir une attaque parce qu'il me croyait retenue au palais. Lors de la première pause, je me suis éclipsée pour éviter une discussion houleuse avec lui et parce que j'avais besoin de m'isoler au calme pour me concentrer avant le vote final. Le dénouement de toute l'histoire, que j'attendais depuis des années.

— Es-tu venue ici pour me dire que tu as décidé de rompre nos fiançailles ? demanda Orion l'estomac noué.

Mais au lieu de lui répondre elle reprit son récit :

— Je suis allée me cacher dans mon bureau, qui est contigu à celui de mon père. J'ai laissé la lumière éteinte et je suis restée dans la pénombre devant la fenêtre, à regarder la lune.

— Elle n'est pas tout à fait pleine, s'entendit-il préciser. Elle sera pleine demain.

— Pleine ou non, elle avait quelque chose de surnaturel.

Calista baissa les yeux sur la bague qui brillait à son doigt. La bague qu'il lui avait mise lui-même… Une bouffée d'angoisse assaillit Orion. Impossible d'imaginer cette bague à une autre main. Impossible. Cette idée était insupportable.

— C'était comme si la lune, la mer et les pierres de la bague étaient en communion, poursuivit-elle. Et j'étais dans un état étrange. Je nous revoyais sur les rochers devant la mer, la semaine dernière, quand nous sommes sortis de voiture sur le chemin du retour après le bal. Quand tu m'as demandé de faire un choix que je croyais déjà fait.

— Il ne l'était pas ? demanda-t-il, le cœur battant.

— J'ai entendu annoncer la fin de la pause.

La voix de Calista était à peine plus qu'un murmure, et ses yeux ne quittaient pas les siens.

— Tout ce pour quoi je m'étais battue pendant des années m'attendait dans cette salle du conseil. Je n'avais plus qu'à le prendre. J'entendais la voix de mon père, qui résonnait dans le couloir depuis la salle alors qu'il faisait une de ses plaisanteries grivoises. Tout ce que j'avais à faire c'était sortir de mon bureau, regagner la salle du conseil et l'écraser d'un coup de talon comme j'en avais toujours rêvé.

— Calista…

— Au lieu de ça, je suis allée dans son bureau et j'ai essayé d'ouvrir le coffre. J'ai réussi à la troisième ou quatrième tentative. J'ai deviné la combinaison parce que je l'avais observé à plusieurs reprises sans qu'il s'en rende compte. Lui qui épie tout le monde, il ne s'attend pas que quelqu'un en fasse autant avec lui.

Elle ouvrit son sac. Et elle en sortit un portfolio très familier qu'elle posa sur le bureau.

— C'est…

Le cœur d'Orion battait si fort qu'il en avait le vertige. Il regardait Calista comme si elle était un fantôme, ou le soleil, ou un fabuleux mélange des deux.

— Calista. Tu n'as pas…

— J'ai fait mon choix, murmura-t-elle. Le conseil a voté son éviction, mais au dernier moment j'ai su que ma place n'était pas là-bas. Elle est ici. Avec toi.

Les yeux de Calista se noyèrent de larmes. Et contre toute attente, elle ne fit rien pour le cacher. Orion n'eut pas conscience de bouger, mais il se retrouva de l'autre côté du bureau avec Calista dans les bras.

— Je veux être la femme pour laquelle tu me prenais quand tu me disais que tu avais confiance en moi, dit-elle d'une voix tremblante en plongeant dans le sien un regard éperdu. Je veux un avenir avec toi. J'ai passé ma vie à me battre avec le passé, et ça n'a servi qu'à me rendre aussi retorse que mon père.

— Bien sûr que non…

— Je veux que notre vie ressemble à ces deux semaines que nous avons passées ensemble. Je veux que tu saches que te trahir a failli me tuer. Parce que tout ce qui s'est passé entre nous est sacré pour moi. Alors, je te le prouve de la seule façon possible. En te rendant ta liberté.

— Calista…

Il la serra encore plus étroitement dans ses bras.

— Je te demande juste d'aider ma sœur, puisque je n'ai pas pu le faire.

Il sortit son téléphone de sa poche et envoya un texto au chef de la sécurité.

— D'ici une heure, elle aura quitté la maison de tes parents pour s'installer au palais. Ça te va ?

— Orion… Je ne suis pas venue ici pour t'annoncer que j'annulais notre mariage, mais pour te donner ces photos. Et j'ai bien conscience qu'une fois libéré du chantage de mon père, tu peux très bien choisir de ne pas m'épouser. Je l'accepte.

— Je t'attendrai demain dans la Grande Cathédrale pour faire de toi ma reine. Il te suffit de m'y rejoindre. Ou pas.

Elle secoua la tête.

— Tu pourrais avoir une reine tellement plus digne de toi. Tu peux épouser qui tu veux. Pourquoi choisirais-tu la fille d'un…

— Je me moque de savoir quel genre d'homme est ton père, murmura-t-il contre ses lèvres. Et je me moque de savoir quel genre d'homme était le mien. Il est temps pour nous de les enterrer, Calista. Toi et moi, ensemble. Nous allons les laisser derrière nous et entrer dans notre avenir. Un avenir qui n'a rien à voir avec eux.

Elle le regarda avec un mélange d'espoir et de doute. Alors il l'embrassa.

Parce que les mots n'étaient que des mots. Mais ça… Ça c'était réel. C'était eux.

— Je t'aime, murmura-t-elle. J'ai essayé de toutes mes forces de ne pas t'aimer. Je me disais que je ne pouvais aimer personne. Mais j'ai fini par vider le coffre de mon père et par venir ici en courant.

— Calista.

Son nom était comme une chanson… Il appuya le front contre le sien

— Demain tu seras ma reine. Mais je pense que je t'ai aimée dès le premier instant, quand je t'ai vue sur le balcon en train de regarder la mer.

Il captura sa bouche dans un baiser fervent et l'allongea sur le tapis devant la cheminée pour l'embrasser encore.

— Orion…

Ils se déshabillèrent mutuellement, puis échangèrent des serments éternels avec leurs corps et leurs mots.

Plus tard dans la soirée, ils réduisirent en cendres le legs empoisonné qu'elle avait récupéré dans le coffre de son père.

Et le lendemain, veille de Noël, il ferait d'elle sa reine.

Épilogue

Calista épousa le roi Orion d'Idylla dans la Grande Cathédrale avec le royaume entier pour témoin.

Malgré le vent d'hiver, les habitants de la capitale avaient envahi les rues où scintillaient les décorations de Noël.

Devant l'autel, les mariés échangèrent leurs serments les yeux dans les yeux, puis ils scellèrent leur amour par un baiser fervent.

À la sortie de la cathédrale les attendait une limousine décapotable qui les emmena au palais par une route en lacets bordée de guirlandes lumineuses et d'une foule enthousiaste.

Et ce fut au cours du dernier bal de la saison, donné traditionnellement tous les ans au palais, qu'ils célébrèrent leur mariage – et surtout leur amour miraculeux qui ne pouvait échapper à personne tant ils étaient rayonnants de bonheur.

Les parents de Calista n'avaient pas assisté à la cérémonie, ce qui ferait sans aucun doute la une de toute la presse le lendemain.

Elle s'en moquait éperdument. Melody était en sécurité.

Ses parents appartenaient au passé.

Orion représentait l'avenir.

Cette fois, quand Orion l'entraîna sur la piste de

danse pour ouvrir le bal, il n'arborait pas un air grave de souverain responsable. Un sourire radieux aux lèvres, il l'enveloppait d'un regard ébloui.

— Ma reine, dit-il en la prenant dans ses bras.

— Mon amour.

Ils dansèrent et dansèrent encore, célébrant l'amour qu'ils avaient failli perdre puis qu'ils avaient retrouvé à la dernière minute.

Ils dansèrent. On leur porta des toasts. Le roi fit un discours, et la foule les acclama.

Calista n'avait d'yeux que pour Orion, son roi, son amour et son mari.

Quand l'horloge sonna les douze coups de minuit, il décida de négliger la tradition et l'étiquette. À la grande joie de la foule, il la souleva de terre pour la porter à travers la salle de bal puis dans le grand escalier. Il ne la reposa pas sur ses pieds en arrivant à l'étage. Et il ne prit pas non plus le couloir conduisant à ses appartements.

Il la porta jusqu'à l'appartement royal.

— J'ai déjà fait apporter tes affaires ici, annonça-t-il. Et je te préviens tout de suite, Calista, il n'est pas question que nous vivions des vies séparées, ni que nous faisions chambre à part.

— Loin de moi cette pensée, répliqua-t-elle avec un sourire ravi, la tête contre son épaule.

Il la déposa sur le lit et s'allongea à côté d'elle.

— Joyeux Noël, mon amour.

— Joyeux Noël, répondit-elle.

Ils commencèrent alors à déballer leurs cadeaux.

C'est-à-dire, eux-mêmes ce soir-là.

Et neuf mois plus tard, un petit prince héritier au visage tout rouge et aux cris vigoureux.

Suivi de près par une petite princesse énergique.

Puis un autre prince et encore une autre princesse.

« Ça porte bonheur », aimait dire Orion en prenant leurs quatre enfants dans ses bras et en la regardant par-dessus leurs petites têtes.

Vous avez aimé *Union royale à Idylla* ?
Découvrez la suite de votre série
« La couronne de la passion » dès le mois prochain
dans votre collection Azur !

Retrouvez prochainement, dans votre collection

AZUR

Les noces d'un cheikh, de Heidi Rice - N°4389

Comment sauver le haras familial de la ruine ? Pour Orla, la situation est si désespérée qu'elle accepte l'incroyable proposition de mariage du cheikh Karim. Après tout, cet homme qu'elle vient de rencontrer ne souhaite rien d'autre qu'une union de convenance, qui lui permettra d'hériter le royaume du Zafar et de contrer ainsi les sombres desseins de son père. En aucun cas il ne sera question de sentiments entre eux ! Raison pour laquelle Orla doit à tout prix ignorer le désir qu'elle ressent pour le prince, à son corps défendant…

Un Noël au haras, de Susan Stephens - N°4390

Dante Acosta est de retour ! Jess retient son souffle, tandis que l'hélicoptère de l'illustre joueur de polo survole la ferme familiale. Autrefois, tous deux ont échangé un baiser brûlant, avant que leurs chemins se séparent. Or, si Jess n'a jamais oublié ce doux moment, elle sait qu'elle doit se méfier de Dante. S'il est là aujourd'hui, en cette veille de Noël, ce n'est pas pour donner une suite à leur histoire inachevée, hélas, mais bien plutôt pour racheter les terres et les chevaux qui sont toute sa vie…

Promesse sur un yacht, d'Amanda Cinelli - N°4391

Quand elle était adolescente, Daniela Avelar rêvait en secret de Valerio Marchesi, le meilleur ami de son frère. Or aujourd'hui elle est furieuse contre lui. Comment a-t-il pu disparaître pendant six mois, lui abandonnant les rênes de l'empire de yachts de luxe qu'ils étaient censés diriger ensemble ? Durant son absence, elle a vécu l'enfer, chahutée par un conseil d'administration particulièrement hostile à son égard. Maintenant qu'elle l'a retrouvé, Daniela exige de Valerio qu'il assume enfin ses responsabilités, ce qu'il accepte de faire – à la seule condition qu'elle l'épouse…

Un patron si mystérieux, de Miranda Lee - N°4392

Lasse de sa vie nomade, Ruby aspire aujourd'hui à poser ses bagages. Le poste de gouvernante qu'elle vient de décrocher est la chance qu'elle attendait. Et puis, elle ne devrait même pas avoir à croiser son patron, un célèbre et mystérieux producteur toujours absent de sa vaste propriété de Sydney. Du moins c'est ce que pense Ruby, avant de tomber nez à nez avec Sebastian Marshall – l'homme le plus séduisant qu'elle ait jamais rencontré…

La belle et l'Italien, de Kate Hewitt - N°4393

Il respire le pouvoir, la richesse et l'arrogance. Et pour toutes ces raisons Liza ne supporte pas Fausto Danti. Aussi est-elle la première surprise par l'élan irrésistible qui la pousse dans les bras du milliardaire italien. Après une nuit de passion, comment nier l'évidence ? Bien qu'ils ne puissent se voir sans se livrer à une joute verbale, tous deux s'entendent parfaitement dans l'intimité d'une chambre ! Et ce lien charnel pourrait bien perdurer, si Liza accepte la proposition de Fausto de l'épouser…

Mariée à un duc, de Jackie Ashenden - N°4394

Pour toucher son héritage, Achille Templeton, duc d'Audley, doit répondre à deux clauses testamentaires : se marier et avoir un enfant. Un comble pour lui, qui mène une vie sans attache et collectionne les aventures sans lendemain. D'abord furieux, il finit par proposer à Willow Hall un mariage de convenance. La belle innocente, très attachée au domaine de Thornhaven sur lequel ils ont tous les deux grandi, sera sa meilleure alliée. Si toutefois il parvient à la convaincre de pimenter leurs noces de la manière la plus sensuelle qui soit…

Retrouvailles à Blakeley Castle,
de Jessica Gilmore - N°4395

Experte en relations publiques, Alexandra découvre avec stupéfaction que sa nouvelle mission l'a conduite à Blakeley Castle. C'est dans cette somptueuse propriété, domaine de ses ancêtres, qu'elle a grandi. C'est là aussi qu'elle est tombée amoureuse de Finn Hawkin, le fils du jardinier. Lorsque sa famille a été ruinée dix ans plus tôt, Alexandra a dû abandonner les lieux, son titre d'aristocrate… et Finn. Or voilà que ce dernier resurgit dans son existence sous les traits de l'actuel châtelain ! Leurs retrouvailles ne peuvent être le fruit du hasard : si Finn l'a embauchée, c'est nécessairement pour lui demander des comptes sur sa désertion !

Bal d'hiver au royaume, de Caitlin Crews - N°4396

SÉRIE : *LA COURONNE DE LA PASSION* - 2/2

Aveugle de naissance, Melody Skyros en a plus qu'assez de vivre dans l'ombre de sa célèbre famille. Ce soir, à l'occasion du bal de Noël d'Idylla, c'est elle qui sera dans la lumière, au bras de son nouvel époux, le prince Griffin. Hélas, bien que leur mariage ait été arrangé, elle mesure vite combien ce rôle royal lui sera difficile à tenir. Griffin est un homme auréolé de scandale et si outrageusement séduisant qu'elle craint de lui révéler l'émotion qu'il suscite en elle, alors qu'elle dissimule à tous depuis toujours sa nature passionnée…

L'héritier de Sacha Tsarakis,
de Kate Summer - N°4397

SÉRIE : *LES TSARAKIS* - 1/3

Sacha. Ce prénom est gravé dans le cœur de Jo depuis cinq ans, depuis l'unique nuit qu'elle a passée dans les bras de son sublime Grec. Quel choc pour elle de le retrouver aujourd'hui sous les traits austères d'Alexandre Tsarakis, son patron ! Mais il y a pire encore : à la lueur dure qui brille dans son regard, elle devine que Sacha ne lui a pas pardonné de l'avoir quitté sans un mot d'adieu. Et Jo redoute plus que tout qu'il découvre son précieux secret…

Destinée à un prince, de Cara Colter - N°4398

SÉRIE : *NOËL ROYAL À CASAVALLE* - 1/3

Ébranlé par la révélation qu'il n'est pas l'héritier légitime du trône de Casavalle comme il l'a toujours cru, le prince Antonio Valenti se rend dans les Rocheuses canadiennes, résolu à retrouver sa sœur disparue. Mais alors qu'il séjourne au Crystal Lake Lodge, un hôtel à flanc de montagne avec une vue imprenable sur le lac et la forêt, il tombe sous le charme de la douce Imogen, propriétaire des lieux. Auprès d'elle, le fardeau de ses responsabilités lui paraît soudain plus léger. Au point qu'Antonio finit par se demander si cette femme si éloignée de son monde n'est pas justement celle qui lui était destinée…

La tyrannie du désir,
de Jennifer Hayward - N°4399

Frankie est troublée : que lui arrive-t-il depuis qu'elle a intégré l'entreprise de Harrison Grant ? Elle ne s'est jamais montrée aussi peu professionnelle ! Dès leur première rencontre, elle a été à la fois distraite et intimidée par le charisme et le charme renversants de son nouveau patron. Seulement, c'est sa carrière qui est en jeu ; elle doit se ressaisir et prouver à Harrison qu'elle lui est indispensable. Reste pourtant à savoir comment résister à ce désir déroutant qu'il éveille en elle…

OFFRE DÉCOUVERTE !

Vous souhaitez découvrir nos collections ? Recevez **votre 1er colis gratuit*** **av** **1 cadeau surprise !** Une fois votre colis de bienvenue reçu, si vous souhait continuer à recevoir nos livres, cela se fera automatiquement. Vous recevrez alo vos livres inédits** en avant-première.

Vous n'avez aucune obligation d'achat et cette offre est sans engagement de durée

*1 livre offert + 1 cadeau / 2 livres offerts pour la collection Azur + 1 cadeau.
Pour la collection Intrigues : 1er colis à 17,25€ avec 2 livres + 1 cadeau.
**Les livres Ispahan, Sagas, Gentlemen et Hors-Série sont des réédités.

☛ **COCHEZ la collection choisie et renvoyez cette page au**
Service Lectrices Harlequin – CS 20008 – 59718 Lille Cedex 9 – France

Collections	Références	Prix colis
❑ **AZUR**	Z1ZFA6	6 livres par mois 29,99€
❑ **BLANCHE**	B1ZFA3	3 livres par mois 24,45€
❑ **LES HISTORIQUES**	H1ZFA2	2 livres par mois 17,09€
❑ **ISPAHAN**	Y1ZFA3	3 livres tous les 2 mois 23,85€
❑ **PASSIONS**	R1ZFA3	3 livres par mois 25,89€
❑ **SAGAS**	N1ZFA3	3 livres tous les 2 mois 28,86€
❑ **BLACK ROSE**	I1ZFA3	3 livres par mois 26,19€
❑ **VICTORIA**	V1ZFA3	3 livres tous les 2 mois 26,19€
❑ **GENTLEMEN**	G1ZFA2	2 livres tous les 2 mois 17,35€
❑ **HARMONY**	O1DFA3	3 livres tous les mois 20,16€
❑ **ALIÉNOR**	A1ZFA2	2 livres tous les 2 mois 17,75€
❑ **HORS-SÉRIE**	C1ZFA2	2 livres tous les 2 mois 18,25€
❑ **INTRIGUES**	T1ZFA2	2 livres tous les 2 mois 17,25€

N° d'abonnée Harlequin (si vous en avez un) |_|_|_|_|_|_|_|_|

Mme ❒ Mlle ❒ Nom : ____________________

Prénom : ____________________ Adresse : ____________________

____

Code Postal : |_|_|_|_|_| Ville : ____________________

Pays : ____________________ Tél. : |_|_|_|_|_|_|_|_|_|_|

E-mail : ____________________

Date de naissance : ____________________

Date limite : 31 décembre 2021. Vous recevrez votre colis environ 20 jours après réception de ce bon. Offre soumise à acceptation et réservée aux personnes majeures, résidant en France métropolitaine, dans la limite des stocks disponibles. Prix susceptibles de modification en cours d'année. Vous pouvez demander à accéder à vos données personnelles, à les rectifier ou à les effacer. Il vous suffit de nous écrire en nous indiquant vos nom, prénom et adresse à : Service Lectrices Harlequin CS 20008 59718 LILLE Cedex 9. Service Lectrices disponible du lundi au vendredi de 9h à 17h : 01 45 82 47 47.

Harlequin® est une marque déposée du groupe HarperCollins France – 83/85, Bd Vincent Auriol – 75646 Paris cedex 13. SA au capital de 3 120 000€ – R.C. Paris. Siret 31867159100069/APE5811Z.